LES OISEAUX DE L'HIVER

Bibliothèque anglo-saxonne

Pat O'Shea
Les Chiens de la Morrigan

Mary Caponegro
Star Café

JIM GRIMSLEY

LES OISEAUX DE L'HIVER

Traduit de l'anglais (États-Unis) par Annie Saumont

Publié avec le concours du Centre National du Livre

Éditions Métailié
5, rue de Savoie, 75006 Paris
1994

à ma mère

1

Près de la rivière, dans les herbes hautes, par-delà une vieille cabane de planches, tes frères tuent des oiseaux. Au bord de l'eau des nuées d'oiseaux, roitelets, étourneaux et pâles femelles du cardinal se sont rassemblés pour picorer les grains de blé restés sur le sol, et tes frères sont tapis dans l'herbe, attendant le bon moment pour faire sauter le crâne d'un oiseau avec les plombs de leur unique carabine. A chaque coup de feu tu entends leurs rires.

Tu te frottes les mains afin d'en enlever les traces des brins d'herbe écrasée. Tu hésites à t'approcher de la berge tandis que tes frères sont à leur poste, tu attends de les voir s'engager sur la route entre les champs, trois petites silhouettes qui avancent fièrement dans la boue. Tes frères portent le fusil avec désinvolture, se le passant de l'un à l'autre, et celui qui s'en charge le met en bandoulière comme on fait dans les westerns à la télé. Tu te diriges vers eux, au travers des sillons jonchés de tiges de blé que la pluie a ramollies. Tu les rejoins au bord du chemin. Ils crient ton nom, est-ce que le dîner est déjà prêt ? Grove, le plus jeune et le plus petit, s'agrippe au bas de ton vêtement et t'oblige à te pencher vers lui. Son bras enflé est encore entouré d'un bandage. En le voyant tu te sens heureux de n'avoir mal nulle part aujourd'hui et puis tu as honte. En dépit de son bras meurtri Grove lève vers toi un visage rieur et demande :

— Il va neiger ? J'ai encore jamais vu la neige.

— Peut-être bien.

Tu observes les nuages, qui sont bas, au-dessus des arbres, et lourds de quelque chose prêt à tomber.

— La météo a pas dit que c'était sûr. Mais seulement que c'était probable.

Grove se tourne vers Allen.

— Raconte à Danny pour l'oiseau que j'ai tué. C'était un vieux petit roitelet, pas vrai, Allen Ray?

— Ça se peut.

— Je l'ai touché en pleine tête, Danny.

Tu ne souris pas, tu jettes simplement un coup d'oeil vers Allen qui traîne les pieds, mal à l'aise. Tu n'as encore rien dit et déjà il rougit, comme s'il s'attendait à une réprimande.

— T'as pas besoin de me regarder de haut. Grove s'est pas fait mal en tirant. Ce flingue il est tellement nase qu'une araignée se ferait pas mal.

— Ton bras, comment ça va, Grove?

— Ma saleté de bras je m'en fiche. Ce petit machin-là je l'ai eu en plein dans la tête.

— Ça devait être une buse, dit Duck, maussade, contemplant la rivière où les oiseaux jacassent. De si loin, tu peux pas dire ce que c'était. C'est même pas sûr qu'il soit mort.

— Je l'ai vu tomber. Je l'ai vu. T'es jaloux parce que toi t'as pas tué un seul oiseau depuis qu'on habite ici, et t'as gâché plein de plombs.

Tu leur dis de se taire. Tu entends à nouveau le bruit qui vient de la maison. Duck se fâche et proteste :

— C'est pas toi qui va m'apprendre ce que j'ai à faire, Mr J'ordonne.

— J'ai dit silence, et restez tranquilles.

Tu te figures qu'il va continuer à râler mais il surprend ton regard dirigé vers la maison, au bout du champ. Tes frères se taisent. Ça ne se voit pas sur leur visage mais tu sais ce qu'ils éprouvent, le creux et le froid au ventre. La maison est une boîte carrée à demi cachée par des arbres. De là sort comme un ruban de sons, tu écoutes et il y a en toi le vide qui se fait. Tu dis :

— C'est Papa.

Le coupant d'une lame au bord du vent, le hurlement que lancerait un animal. Allen fronce les sourcils et murmure :

— On entend. T'as pas besoin de nous dire.

Grove commente :

— Ben il crie fort, aujourd'hui.

— En parlons pas, dit Allen. Faut faire comme si c'était rien.

Duck serre les poings contre ses oreilles. Grove dit :

— Je parie que Mama, déjà elle a peur.

Tu vois se crisper le visage d'Allen. Tu dis :

— Ça suffit, Grove. On connaît.

— Je parie qu'elle marche et marche.

— Tais-toi, crie Duck.

— Je l'entends plus, dit Allen.

— Ça va recommencer dans une minute.

— Arrête de faire comme si tu étais un père.

— Danny ne fait pas comme Papa, proteste Grove.

— J'ai pas dit qu'il faisait comme Papa, réplique Allen. J'ai dit qu'il faisait comme s'il était le père de quelqu'un. Y a une grosse différence.

Il met le pied sur une tige de blé, exprès pour l'écraser. Le fusil accroché à l'épaule de Duck se balance parmi les broussailles. Duck se retourne et dit :

— Mama et Amy sont toutes seules avec lui.

Tu réponds :

— J'en viens. Il les a pas touchées.

— Quand même, vaudrait mieux qu'on rentre, dit Allen.

Tu dis :

— Moi je ne rentre pas déjà. J'en viens. Je veux prendre l'air au bord de la rivière.

— Tu y vas tellement, à ta foutue rivière, que tu finiras bien par te changer en poisson, dit Duck.

— Si tu restes trop longtemps Maman va s'inquiéter, dit Allen.

Grove bat des mains en riant :

— Qui c'est qui fait le père, à présent ?

— Danny sait bien qu'elle s'inquiétera.

Le vent apporte jusqu'à toi, ténue, l'odeur douceâtre de l'eau.

— Ce sera pas long. Promis.

Duck redresse la carabine sur son épaule.

— Danny peut aller où il veut, on s'en balance. Mais moi je reste pas planté là dans un froid pareil en attendant qu'il se décide.

— Hé, attention à ce fusil, dit Allen. Si tu le casses, je te préviens que cette fois je le répare plus.

Il prend Grove par la main et tous deux se dirigent vers la maison.

— T'en va pas tomber et que ça recommence à saigner. Mam' a vraiment pas besoin de ça.

— Non papa Allen. Oui papa Allen, chantonne Grove, sautillant dans les sillons derrière ses deux frères qui s'ouvrent un chemin parmi les tiges en se criant encore quelque chose. Tu te tiens immobile, les écoutant ; à mesure qu'ils s'éloignent, sous les nuages bas, ils paraissent plus petits et leurs voix plus indistinctes. Au-delà, baignée d'une lumière tamisée, la maison est blottie à la lisière des champs. Déjà tu te dis que la maison attend ton retour.

Mais toi, Danny le Jeune, tu lui tournes le dos, et tranquillement tu vas vers les pins et chuchotes :

— Je rentrerai jamais chez nous. Jamais.

Tu descends vers la rivière pour écouter l'eau couler entre les berges, espérant trouver un endroit où te cacher, où ne plus entendre ce bruit qui reprend là-bas, file au ras du sol et vient jusqu'à toi.

2

Aujourd'hui c'est Thanksgiving et il n'y a pas d'école. Tu peux aller te blottir sous ton abri de chèvrefeuille et rêver tout le jour au bord de la rivière. Tu marches vers la rivière bras serrés contre ton corps, tes cheveux sombres volant au vent. Au-dessus de toi les branches s'agitent. La nuit, de ton lit, tu entends le vent chanter dans les cimes et c'est comme si un être se cachait dans chaque arbre.

Tu marches vers la rivière et tu as peur. De ton père, de ton sang pas normal, de tout ce qui pourrait le faire couler. Il t'a fallu apprendre à avoir peur. Toujours tu prends garde de ne pas tomber.

A un tournant du sentier Queenie flaire ici et là, enfonçant dans les herbes sa tête anguleuse. Peut-être cherche-t-elle à repérer où sont allés tes frères. Elle te voit et court vers toi, langue pendante. L'odeur de la rivière s'accroche à son poil. Tu la serres contre toi, tu entends battre son cœur et caresses son doux pelage brun. Lorsque qu'elle lève vers toi son nez humide tu le grattes.

Son ventre distendu ballote, lourd des chiots qu'elle porte. Tu racles légèrement la peau, t'attendant presque à un bruit semblable à celui des ballons qu'on frotte de la paume. Elle roule sur le dos, ravie, martelant la boue de sa queue. Elle a le ventre blanc et lisse et sans un poil, et tu ne le touches qu'avec précautions. Queenie t'observe comme si elle se figurait que c'est le début d'un nouveau jeu. Sous cette peau tiède dorment des chiots. Tu dis :

— T'inquiète pas, je ne vais pas les faire sortir de là avant qu'ils soient finis. Je me demandais seulement de quelle couleur ils étaient.

Elle pose sa tête dans l'herbe sèche. Tu palpes ses mamelons roses, les bouts raidis, chauds et moites. Tu dis :

— Mama a décidé qu'elle va noyer tes bébés dans la rivière. Grove jure qu'il ne la laissera pas les prendre, il dit qu'il les cachera dès leur naissance, mais c'est sûr que Mama les trouvera. Mama dit qu'elle ne veut pas de chiens errants qui rôdent autour de la maison en mangeant tout ce qu'ils trouvent. Pas quand elle nourrit déjà leur mère errante.

Queenie dresse une oreille, c'est facile d'avoir des bébés, elle dit. J'ai pas peur de ta mère. Des bébés je peux en fabriquer autant que je veux.

— Et même, tes bébés tu t'en fiches.

Ce ne sont que des bébés, elle dit.

— Mais tes bébés, d'où tu les tiens ? Et pourquoi c'est tout chaud quand je te touche le ventre ?

Elle dit qu'ils vont prendre feu dans son dedans, et sa langue pend jusqu'à l'herbe.

En classe les filles racontent que les chiots viennent de ce même endroit d'où viennent les enfants, ils se glissent du ciel dans le ventre de leur mère comme glissent les flocons de neige qui fondent sur la main. Peu importe ce que les vilains garçons disent.

— Mais comment ils sortent de ton ventre ?

Elle a pour toi un regard méprisant,

— Eh bien ils grimpent, idiot, c'est tout.

Elle touche ta main d'une patte glacée d'avoir été par terre. Elle voudrait bien que tu lui frottes encore le ventre mais soudain tu es las de son regard avide et te demandes si elle aura un jour son content de cajoleries. Mama t'ordonnerait de cesser de la tripoter. Tu cries :

— Va-t-en, stupide chienne. Je veux plus te toucher.

Elle espère encore des caresses. Tu te lèves, tu la repousses du pied.

— Allons, décampe pauvre imbécile. Va-t-en. T'es pas de la famille, t'en as jamais été t'en seras jamais.

Elle ne bouge pas et c'est toi qui t'éloignes. Elle te contemple, l'œil fixe et noir. Son ventre clair pointé vers le ciel.

Tu te dis que les pins doivent aimer le calme, juste comme Dieu aime le calme dans l'église, alors tu vas au travers des taillis sur la pointe des pieds. Tu fredonnes tout bas « Retrouvons-nous à la rivière... » en cassant l'extrémité d'une branche comme tu fais chaque fois que tu passes près d'un buisson ou d'un petit arbre et tu chantes « ... la rivière si belle, si belle » en arrachant les feuilles de ta baguette, les déchirant en petits morceaux qui tombent autour de toi. Tu aimes la façon qu'ils ont de tomber, ces débris de feuillages, l'air en dessous d'eux si solide qu'il les soutient et les fait danser.

Mais bientôt tu cesses de flâner et tu te diriges tout droit vers l'eau sans te soucier du bruit que font tes pieds dans l'humus gelé. Il y a un endroit où tu vas toujours, une clairière près d'un pont de chemin de fer que tu as découvert lorsque ta famille s'est installée dans cette maison. Tu aimes cet endroit parce que les branches là-haut sont minces et le soleil, les jours de beau temps, dessine sur le sol un réseau d'ombres mouvantes. Aujourd'hui comme d'habitude quand tu entres dans la clairière tu sens en toi une excitation. Tu sautes par-dessus un tronc coupé et tu crois entendre Mama te recommander de faire attention, ne va pas trébucher, tomber et te blesser. Tu chantes plus fort « Retrouvons-nous à la rivière, la ri-i-vière si belle, si-i belle... »

Tu t'adresses à l'arbre le plus proche :

— Arbre, s'il vient, mon Papa, tu ferais bien de m'avertir, pour que j'aie le temps de me cacher.

La bise qui s'élève de l'eau froide te pénètre et tu serres étroitement contre toi ton vêtement trop léger. Tu contemples à la surface de l'eau les feuilles qui descendent avec le courant en tourbillonnant comme les poupées sur les couvercles de boîtes à musique. Le chèvrefeuille recouvre abondamment la berge, tu t'étends dessus et regarde le ciel.

Voilà pourquoi tu viens ici. Pour t'étendre sur le chèvrefeuille et observer un moment les nuages et puis compter, un deux trois et oublier tout le reste, plus de maison plus de champs tout autour, plus de Mama et Papa et Amy Kay Allen Duck Grove, plus rien. Tu es orphelin, tu vis seul dans les bois, à l'écart du monde, tous ceux de ta famille sont morts, plus personne...

Tu fermes les yeux. Tu es venu au bord de l'eau pour rêver. Les ombres de ton rêve bougent contre tes paupières.

Et une fois de plus tu rêves de cet homme. L'Homme de la Rivière. Il sort de l'eau et s'approche de ton lit de chèvrefeuille. Il est solide comme un chêne, fort comme un ours, grand et la peau brune avec des cheveux noirs en broussaille. Il vit dans l'eau ou dans cette forêt que tu as parcourue. Il dit que tu es son fils. Tu n'as que lui au monde. Tu n'as de maison que sa maison. A chaque instant tu vois dans ses yeux comme il t'aime.

Tu vis dans une pièce obscure, peut-être une caverne. Tu imagines la pièce, il y a des murs sombres, des murs de terre pressée qu'éclairent des torches. Le jeu des lumières et des ombres rend cet endroit tiède et paisible. Aux murs pendent des peaux d'animaux sauvages. Un feu brûle dans un coin et la fumée s'échappe par une cheminée de pierre. Tu as vu ce genre d'endroit à la télé, dans les films sur l'homme de la jungle et le garçon qu'il élève comme son fils. Quand il est avec toi dans la pièce, tu entends sa respiration au rythme lent et régulier.

La pièce a une entrée secrète que vous seuls connaissez, toi et l'Homme de la Rivière, un tunnel sous l'eau et vous le franchissez à la nage.

Aujourd'hui, couché là, tu penses à une douzaine d'aventures que tu dois à l'Homme de la Rivière... descendre le courant en canoë, rencontrer des crocodiles s'écartant du rivage, longer des rocs immergés qui lèvent la tête et deviennent des hippopotames, traverser avec lui les ruines d'une cité oubliée, un bâtiment vide puis un autre et un autre... toi seul cette fois, perdu quelque part dans les bois ou au bord de l'eau, l'angoisse à l'idée que l'Homme de la Rivière ne sait pas où tu es. Tu tentes de le retrouver. Tu marches interminablement sur la berge en appelant :

— Homme de la Rivière...

Parfois tu rêves que tu cours à travers une forêt et tu dis qu'elle n'a pas de fin, et courir t'enchante et t'enchantent aussi la légèreté de ta course, tes pas presque silencieux, simples murmures sur les herbes.

Parfois tu rencontres des animaux, tu les caresses : gazelles, antilopes, petits singes, bébés lions, et sous tes doigts ils sont paisibles comme si tu détenais un pouvoir magique.

Parfois tu grimpes sur les grosses branches, sautant légèrement d'arbre en arbre, toi-même singe ou écureuil, te déplaçant seul dans la clarté et la masse épaisse des feuillages.

Aujourd'hui tu imagines que tu t'es assis au bord de la rivière près de l'Homme de la Rivière. Tu as fait la course avec lui. Quand tu l'as battu il a ri comme à l'habitude. Il a dit — et sa voix était grave et chaleureuse :

— Tu es de plus en plus rapide.

— Si vous aviez voulu, c'est vous qui auriez gagné. Je le sais.

Il jette un coup d'œil à ta jambe.

— Comment ça va ?

Tu secoues la tête et tu réponds :

— Ça ne fait pas mal. Les blessures ne se sont pas rouvertes.

— Je n'aurais pas dû te laisser courir si vite. J'avais peur que...

Il arrache la feuille d'un roseau et détourne son regard, troublé. Tu dis que ça va très bien, ta jambe guérit, et tu l'examines. Ce n'est qu'un rêve, et c'est ton rêve et pourtant tu ne t'attendais pas à ce qui apparaît.

Dans ton rêve ta jambe est couverte d'ecchymoses et de croûtes. Tu la vois très distinctement. Le long de la cuisse des filets de sang coagulé s'entrecroisent sur la peau blanche. Les coupures se sont refermées mais tu les revois à vif avec tout ce rouge qui coulait librement

La profonde déchirure

Tu te souviens comment c'est arrivé, un autre jour dans un autre rêve, que tu fais à nouveau du début à la fin.

Seul dans la lumineuse forêt de midi, de la main tu écartes les branches

et découvres une clairière, dorée comme une coupe de soleil, dans un cercle de broussailles, les herbes couleur d'émeraude, aux feuilles comme des lames

le ciel au-dessus de la clairière, une large vallée de bleu où tout se dissout

tu dois renoncer à l'ombre où tu te sentais protégé et entrer dans cette lumière, renoncer à l'eau fraîche laissée loin derrière l'épaisseur du sous-bois ; et à l'Homme de la Rivière, quelque part, loin là-bas

tu ne dois plus te cacher, tu dois entrer dans la clairière afin d'éprouver le contact de cette lumière sur la peau

mais la seule pensée de te tenir là, nu sous cette nudité te fait la gorge sèche

tu pénètres dans la lumière, en écartant d'une main les feuilles et les branches, et ton ombre rétrécit

le soleil sur ta peau c'est nouveau, un picotement frais, qui comble tes désirs... tu souris, tu te précipites dans les hautes herbes, la peur accélère les battements de ton cœur

la clairière est un cercle et tu es au milieu, qui tournoies

le ciel est une roue, tu es sous le moyeu, le moyeu est un œil qui regarde en bas quand tu regardes en haut

lorsque tu entends le bruit derrière toi, d'abord tu ne te retournes pas

puis tu entends à nouveau, tu reconnais le grondement étouffé sortant d'une énorme gueule

quand tu te retournes tu le vois

lion superbe aux jarrets vigoureux bondissant au-dessus des herbes, comme par jeu

tu enfonces tes mains dans sa crinière

l'énorme gueule s'ouvre pour un bâillement

l'énorme patte se soulève, pour une tape espiègle

souffle coupé, la déchirure, tes mains se cramponnent encore à la crinière, tu frissonnes et lentement recules, ton cœur brûle, va éclater... le lion te serre de près, avide, sa langue chaude te lèche les mains

tu l'entraînes de côté, ce qui pour toi est malaisé car il s'élance encore et encore, restant un instant suspendu au-dessus des herbes que tes cuisses frôlent ; tes cuisses tachées d'un sang lumineux qui coule

tu boitilles mais tu ne tombes pas

lion superbe se calme à ton côté, ne saute plus

tu atteins les arbres et il t'observe qui grimpes aux branches, la douleur comme du feu dans ton flanc... assis sur son arrière-train il fouette de la queue, surpris que tu refuses le jeu... tu te blottis dans le creux d'un arbre trop haut pour son bond le plus haut

l'odeur du sang dérive dans l'air

lion superbe t'observe d'en bas

Tu rêves que tu te réveilles au bruit de l'eau clapotant dans le tunnel de la caverne. Sur les murs de terre bougent des ombres. Une torche ? Non, le feu qui brûle dans l'âtre.

Ta jambe te fait aussi mal que si tu saignais. Quand tu la touches le sang séché s'écaille, laissant des traces sur tes doigts. Et tu te souviens du lion, et de t'être endormi, tel un singe à la croisée des branches.

— Homme de la Rivière ?

Ta voix si faible qu'elle est aussitôt comme engloutie.

— Homme de la Rivière, où êtes-vous ?

Tu te réveilles tout à fait et tu découvres que tu n'es pas dans ton lit mais dans le lit de l'Homme de la Rivière. De là où tu te trouves la pièce paraît étrange, pas ce qu'elle devrait être et en même temps juste ce qu'elle doit être. Quand tu essaies de remuer la jambe ça brûle, et une douleur aiguë te transperce le côté. Mais tu veux l'ignorer, tu te penches au bord du lit jusqu'à voir ton lit à toi, caché dans le coin derrière un coffre en bois.

Il est couché là, grande masse sombre, les pieds qui pendent au bout du lit. Tu devines son souffle, mais à peine, si profond, presque silencieux. Tout bas, pour ne pas le réveiller, pour le plaisir de prononcer son nom, tu dis :

— Homme de la Rivière.

Et il se soulève, te regarde.

— Danny, Danny, tu ne dors plus ?

— Pourquoi fait-il si froid ici ?

Il traverse la pièce et pose sa main sur ton front. Il a l'air fatigué. Il dit :

— C'est toi qui as froid.

— Il faudrait mettre quelque chose sur moi.

Il prend une couverture, très lourde, peut-être la fourrure d'une grosse bête, un ours ou un lion qu'il a tué. Il l'étale sur le lit et tu soupires d'aise.

Il dit :

— Ça s'est arrêté de saigner voilà un petit moment.

— Je sens que ma jambe est très grosse.

— Elle a un peu enflé. Les coupures, c'est le pire. Pas de déchirure, mais de fortes entailles.

— Homme de la Rivière, c'était un lion.

— Je sais.

— Il était tout doré, et sa crinière si lumineuse qu'on aurait cru voir des flammes. Il est sorti des bois en bondissant comme s'il voulait jouer.

L'homme de la Rivière se tourne vers le feu.

— Je sais cela aussi.

— Vous l'avez vu ?

— Oui. Après.

Il reste un long moment à t'observer, et puis il touche tendrement ton épaule.

— J'ai cru que ça ne s'arrêterait jamais de saigner. Essaie de comprendre mes craintes.

A cela tu ne peux rien répondre. Il te sourit. Il touche ton front et dit :

— Tu as encore froid.

— Ça ira, maintenant.

— Il te faut encore mieux.

Il se dresse, grand et sombre, ombre chaude, qui soulève la fourrure et se glisse près de toi.

Maintenant le rêve s'efface. Quand tu ouvres les yeux la rivière coule comme avant et les branches là-haut tissent toujours le labyrinthe qui retient la clarté. Le pont attend que passe un train. Tu te lèves, frottes le fond de ton pantalon et jettes un bâton dans la rivière, et tu te dis que ce serait amusant de tourbillonner comme ce bout de bois ou comme ces feuilles, à la surface de l'eau, et suivre le courant jusqu'à se jeter dans la mer.

Le rêve t'a laissé plus lourd.

Tu marches sur la berge, tu te balances au bord de la frange végétale, tu cherches dans l'eau ton reflet. Tu lui déclares qu'il est laid, en lui jetant une pierre.

— Tu as la figure comme une crêpe et de grandes oreilles et des dents de travers.

Tu chantonnes des mots que tu aimes pour leur son : Genèse Exode Levitique Nombres Deutéronome Eleanor River Potter's Lake Mars Hill Matthieu Marc Luc Menthoecalyptus Chant de Salomon Isaïe Jérémie Ezéchiel Daniel, Daniel Nicolas Crell Bobjay Crell Robert Jay Crell Robert Jay Judas Robert Judas. Crell. Puis tu t'adresses à tes bras nus :

— Des bras si pâles, ça pourrait être ceux d'un fantôme.

Tu prends toujours garde aux endroits où tu marches, vérifiant qu'il n'y a pas de verre brisé, rien qui pourrait te faire courir le risque de te tordre la cheville, de tomber.

Tu tournes le dos aux taillis trop clairsemés, qui laisseraient entrevoir la maison dans les champs.

Ils sont morts. Ceux de ta famille. Tu es orphelin.

Mais les arbres ne peuvent qu'à peine assourdir la voix de Papa.

Lorsque tu l'entends tu restes immobile.

Le vent s'élève, un moment diluant le bruit et agitant les pins tantôt lentement, tantôt plus vite. Les nuages traînent au-dessus des cimes. Là-bas tu vois Queenie le nez dans la boue. Au-delà, il y a la maison éclairée. Tu te dis que Mama se tient derrière une vitre et regarde dehors comme à son habitude. Elle t'a attendu, sans doute. Et maintenant elle t'aperçoit et elle est heureuse que tu rentres. C'est peut-être même son ombre que tu surprends à présent, s'écartant d'une des vitres noires.

Ou bien c'est Papa qui regarde.

Un instant tu veux retourner vers l'eau. Mais non. Tu emmènes avec toi l'Homme de la Rivière, il traverse les champs à ton côté, brun et grand et fort, sa main chaude sur ton épaule.

3

En ce temps, Danny, tu dormais dans la même chambre que tes frères et Amy Kay, dans le même lit qu'Allen, qui ne t'aurait jamais laissé te mettre contre lui sauf quand il avait froid. Il faisait toujours froid dans la maison près de la rivière, le vent s'engouffrait par les fentes sous les portes, l'encadrement des fenêtres et les cheminées mal bouchées. Les gens qui cultivaient les champs alentour avaient autrefois habité cette maison, mais voilà longtemps qu'ils avaient vendu la terre et le nouveau propriétaire ne se souvenait même pas de leur nom.

Ça fait un peu plus d'un mois que tu vis dans cette maison, la septième maison depuis ta naissance. Quand tu l'auras quittée tu vivras tour à tour dans sept autres maisons avec ta famille, avant d'être en âge de choisir toi-même l'endroit où tu veux habiter.

Toi et Amy, vous avez immédiatement donné un nom à cette maison. Vous l'avez appelée la Maison en Cercle parce que les portes s'ouvraient selon un cercle et que vous pouviez passer indéfiniment d'une pièce à l'autre. Amy Kay et toi, vous avez donné un nom à toutes les maisons où vous avez vécu. Ça n'a pas toujours été facile de trouver le nom qui convenait.

Vous avez commencé ce jeu dans la Maison du Serpent, un cottage de parpaing vert avec un toit rouge en bardeaux. Mama aimait cette maison bien plus que toutes celles où vous avez habité par la suite parce qu'il y avait sur les parois de la salle de séjour et du vestibule des lambris de merisier, et des placards aménagés dans les murs de la cuisine.

La Maison du Serpent était bâtie au milieu d'un bosquet de pins à la lisière d'un bois où les serpents abondaient. La maison reposait sur des fondations très basses et les serpents pouvaient se glisser entre les parpaings par les trous que Mama colmatait de son mieux avec de petites pierres et de vieux chiffons. Bien des années plus tard, Mama vous racontait encore des histoires sur les serpents qu'elle avait découverts dans la maison. Une fois, elle ouvrait le placard du vestibule pour y prendre une paire de draps et déjà sa main touchait la pile quand elle a vu un serpent lové dessus, et elle prétendait que sa langue projetait du feu vers elle. Elle a vivement reculé et le serpent a disparu.

Après avoir pris plusieurs bonnes respirations elle a fouillé le placard de haut en bas, soulevant avec précautions chaque drap et chaque serviette. Le linge sorti du placard, elle n'a pas trouvé de serpent, aussi a-t-elle fouillé toute la maison, vidant les tiroirs, écartant des murs les sièges et les divans, et même elle a roulé le tapis usé de sa chambre, dans l'idée que le reptile avait pu se cacher par-dessous. Mais non, elle n'a rien trouvé.

Elle est allée aux toilettes — quand elle était énervée elle avait envie de faire pipi toutes les cinq minutes, disait-elle. Elle venait juste de s'asseoir sur la lunette, son slip autour des chevilles quand elle a vu le serpent à côté d'elle, dans la baignoire, qui explorait de la langue le bord du siphon. Mama a bondi hors de la salle de bains en remontant sa culotte et s'est emparée de la houe qui était à sa place habituelle près de la porte de derrière. Le serpent tentait frénétiquement de s'enfoncer dans le tuyau d'écoulement mais elle lui a tranché la tête.

Une autre fois elle a entendu un frottement sous l'évier et a passé la matinée à vider les tiroirs et à retirer tout ce qui était sur les étagères jusqu'à ce qu'elle découvre à midi un serpent derrière les tuyaux. Elle lui a écrasé la tête sous le fond d'un bocal de saindoux et a brûlé son cadavre avec les ordures de la journée.

Une autre fois encore Mr Luther, qui possédait la ferme où

travaillait Papa et la maison où vous viviez a tué d'un coup de fusil un serpent à sonnettes long de deux mètres sur le chemin de terre près de votre boîte aux lettres. Mama, Amy Kay et toi vous étiez de l'autre côté du fossé, à contempler la scène. Mama te retenait par l'épaule afin que tu ne te précipites pas vers le chemin. Tu as vu le serpent agonisant fouetter la poussière de sa queue épaisse, sa queue à musique. Les contorsions de cette queue flagellante t'avaient tellement impressionné que Mama a dû ce soir-là rester longtemps assise près de toi pour que tu arrives enfin à t'endormir.

Un jour de ce même été, Mama pliait le linge sec et gorgé de soleil qu'elle venait de ramasser quand Amy Kay a crié :

— Mama, il a y un serpent sur le lit, avec Danny.

Mama a couru vers toi.

Tu étais assis, regardant fixement ce qui aurait pu être un anneau de corde brune. Mama t'a chuchoté de ne pas bouger. Plus tard, quand elle racontait cette histoire, elle disait combien elle était terrifiée de te voir si parfaitement immobile, fasciné. Elle a saisi une courtepointe dans la pièce voisine. Elle s'est avancée calmement vers le serpent et a jeté la couverture sur le corps sec et écailleux de l'animal. Sans reprendre son souffle elle t'a tiré hors du lit — tu étais tout raide, les yeux écarquillés, totalement silencieux — et entortillant le couvre-lit autour de la courtepointe et du serpent furieux elle a traîné tout le ballot au-dehors. Le serpent s'est enroulé dans le tissu, elle l'a laissé se dégager de là et lui a coupé la tête avec la houe, lui a tranché le corps en une douzaine de morceaux qu'elle a regardé se tordre dans l'herbe. Un mocassin. Elle est rentrée dans la maison et t'a arraché tes vêtements et a cherché partout sur toi de possibles marques de morsure. Tu lui tenais le bras et ne la quittais pas des yeux, sans prononcer une parole. Amy vous observait du seuil de la porte, en se mordant le poing.

Ce soir-là, Mama a dit à Papa d'une voix anormalement aiguë :

— Tu ferais bien de demander à Mr Luther qu'il bouche les trous dans cette maison. Qu'il y mette n'importe quoi, des barres de fer, je m'en fiche s'il faut ça pour que les serpents n'approchent plus de mes bébés.

Papa l'a tenue contre lui et elle tremblait. Il a demandé, avec une douceur plutôt inhabituelle, ce qui était encore arrivé.

Qu'il ait jamais parlé des serpents à Mr Luther, c'est une autre histoire. Papa travaillait dur et n'avait pas le temps de s'occuper des serpents. Il était contremaître à la ferme de Mr Luther, et n'arrêtait pas de la journée. C'est au service de Mr Luther que papa a perdu une partie de son bras.

Longtemps tu n'as rien su de l'affaire, Danny, et non plus tes frères et ta sœur. Papa ne parlait jamais de ce qui s'était passé, ce jour-là, et il ne mentionnait que rarement la maison verte en parpaing, ou la ferme de Mr Luther. Un jour Mama vous a raconté. Elle a dit qu'elle étendait le linge quand elle a vu la Cadillac bleue de Mr Luther sortir des champs en vrombissant, dans un nuage de poussière grise, à une telle vitesse qu'elle a tout de suite pensé que quelque chose n'allait pas, Mr Luther avait peut-être une nouvelle crise cardiaque. Ça l'a attristée parce que Mr Luther était toujours aimable avec elle. Mais elle a continué à étendre le linge, se disant que papa en rentrant pour le déjeuner lui raconterait ce qui s'était passé.

Quelques minutes plus tard la Cadillac blanche de Mrs Luther s'arrêtait devant la maison. Mrs Luther est descendue de voiture comme à regret, comme si elle n'était pas très sûre de l'endroit où elle se trouvait. Son visage était de cendre. Elle a dit, sans regarder Mama :

— Il y a eu un accident. Dieu seul sait comment ça s'est produit ; Bobjay lui, savait pourtant bien qu'il faut arrêter la moissonneuse avant de se mettre à la nettoyer.

Mama a laissé tomber sa brassée de linge, s'est approchée de Mrs Luther et lui a saisi le poignet. Déjà Mrs Luther se cabrait comme un serpent qui va mordre. Elle a dit :

— Bobjay est blessé. C'est la moissonneuse. Mr Luther l'a transporté à l'hôpital. Pas le temps d'attendre l'ambulance. Bobjay travaillait seul au bout du champ, il s'est fait prendre le bras dans la moissonneuse et la courroie le lui a arraché.

Mama a lâché le poignet de la femme et s'est détournée. Dans le regard de Mrs Luther il n'y avait aucune sympathie particulière.

— On l'a amené chez moi. En plein dans ma cuisine, alors que n'importe quel imbécile aurait vu que je ne pouvais rien faire pour lui. Il y a du sang partout. Les garçons ont raconté que Bobjay a parcouru toute la longueur du champ avec seulement sa chemise pour garrot. Mr Luther a dit que je vous conduise à l'hôpital aussitôt que les nègres seraient revenus.

Maman a demandé :

— Les nègres ?

Mrs Luther a respiré très fort.

— Mon mari en a envoyé deux sur place pour qu'ils prennent... pour qu'ils sortent le... de la machine.

Un mois plus tard vous avez tous emménagé dans une maison au toit de bardeaux rouges qui sentait le poisson. Mama a déniché cette maison quand Mr Luther a déclaré que Papa, avec un seul bras valide, ne pouvait plus travailler à la ferme. Mama a vendu les anneaux de mariage pour payer le premier mois de loyer. Les ouvriers de Mr Luther ont chargé le mobilier sur un camion tandis que Papa était assis dans la voiture, et il fumait cigarette sur cigarette et regardait droit devant lui. Maman lui jetait des coups d'œil anxieux et criait aux hommes de ne pas cogner les meubles.

La nouvelle maison, c'était à peine une maison ; c'était une seule grande pièce avec un évier dans un coin. Les cabinets étaient dehors, à l'arrière de la cour, dans les hautes herbes, au bout d'un sentier qu'envahissait le mouron blanc et la bardane. Vous, les enfants, vous n'aviez jamais vu de cabinets de ce genre et au début tu te figurais que vous alliez tomber dans un des trous noirs et puants. Mais Mama a dit que lorsqu'elle était petite il n'y avait rien d'autre, et la première fois elle vous a accompagnés, vous tenant solidement d'une main, et de l'autre se couvrant les yeux.

Votre nouveau logis s'est appelé la Maison du Poisson parce

que la propriétaire, Mrs Edna Crenshaw, l'avait longtemps utilisée comme poissonnerie et que la moindre planche était imprégnée de l'odeur de poisson. Mrs Crenshaw, une grosse femme molle, avait durant bien des années fait commerce de produits de la mer que lui livraient les camions qui remontaient la grand-route, venant de la côte. Elle s'était assuré une clientèle parmi les fermiers du coin et les commerçants, dégoûtés du poulet frit ou du lard ou des côtes de porc trop grasses que leur servaient leurs épouses. Au long des années, Mrs Crenshaw avait gagné assez d'argent pour s'offrir une poissonnerie toute neuve qu'elle avait fait construire face à l'ancienne, mais de l'autre côté de la route. On la voyait de la fenêtre de votre maison, c'était un bâtiment de brique, carré, avec sur la façade une enseigne multicolore que le mari de Mrs Crenshaw rafraîchissait amoureusement chaque semaine en utilisant quatre boîtes de peinture toujours les mêmes. Amy Kay l'avait surnommé Mr Tête de Poisson parce que ses paupières bridées dégageaient les globes oculaires, découvrant largement le blanc de l'œil.

Tu partageais un lit avec Amy dans un coin de la maison. Le berceau d'Allen était à côté, près du canapé et des chaises qui vous séparaient du lit de Papa et Mama, dans le coin opposé. Le premier soir, Mama a déballé la vaisselle sous le regard furieux de papa, assis sur le lit, sa manche vide pendante. Il a dit :

— Cette baraque pue le poisson pourri.

Sans répondre, sans un regard autour d'elle, Mama a rangé la vaisselle dans les placards qu'elle venait d'astiquer. Rien qu'à la tête que faisait Papa tu as su que ce soir-là il y aurait de la bagarre. Ça te donnait une drôle de sensation au creux de l'estomac, une douleur, comme si à l'intérieur tu avais envie de pleurer. Tu regardais papa, tu attendais. Quand il s'est mis à hurler — insultant la salope qui ne pouvait trouver rien de mieux que cette cabane où une putain de grenouille de bénitier avait vendu du poisson — tu as couru vers la porte pour ne plus l'entendre. Tu as trébuché, tu es tombé. Sur le moment, personne n'y a fait attention. Tu t'es assis dehors, dans le froid, et bientôt dans le noir. Tu as écouté longtemps les braillements de papa. Quand tu es rentré dans la maison Mama vidait les cartons et s'essuyait les yeux. Papa avait enfin bu suffisamment pour s'endormir dans son fauteuil. Mama a obligé Papa à se coucher et elle a éteint les lumières, mais toi, dans ton lit, tu n'arrivais pas à trouver le sommeil.

Le matin, ta cheville était enflée à cause de ta chute. Mama a mis des glaçons dans un linge et a posé ça contre la meurtrissure, et elle t'a caressé le front.

— Les médecins ont dit que ton sang était spécial. Il ne réagit pas comme le sang des autres gens. C'est chouette d'avoir un sang spécial, non? Même si ça fait un peu mal.

Papa, derrière elle, renfrogné et maussade, a lancé un coup d'œil vers ta cheville comme si tu étais intouchable.

Lorsque ce qui restait de son bras a été cicatrisé, Papa est entré dans une compagnie du gaz où on le payait trente-cinq dollars par semaine. Il livrait aux femmes des fermiers les bouteilles de gaz pour la cuisine, et du gaz en gros containers aux fermiers pour sécher le tabac. Et aussi il réparait les poêles et les fourneaux et les réfrigérateurs. Même d'une seule main, Papa pouvait réparer n'importe quoi si on lui donnait le temps. Quand il s'est remis au travail il a eu l'air un petit peu plus heureux. Mais il gagnait moins que chez Mr Luther. Pour le souper on mangeait des pommes de terre, cuites de diverses façons. Papa ne parlait presque pas, il se contentait de regarder son assiette. En sa présence, vous les enfants, vous vous teniez tranquilles, effrayés, parce qu'il plissait le front, et parce que la manche de sa chemise était vide et ballante. S'il vous surprenait à le contempler il tournait le dos. Et alors qu'auparavant il rentrait ivre une fois tous les quinze jours, maintenant c'était deux ou trois fois par semaine. Ses yeux étaient comme deux cailloux gris.

Mama l'observait prudemment, d'un bout à l'autre de cette unique grande pièce, évaluant la distance qui la séparait de lui.

Aucun voisin ne venait en visite à l'exception de Mrs Crenshaw qui apparaissait le premier du mois, sur le seuil de la porte, arborant un grand sourire et un tablier taché de sang, et parlait avec jubilation des Renouveaux pour la Foi, puis tendait sa main blanche comme la pâte à pain afin que maman y dépose les billets verts. Mama voyait l'argent disparaître dans la poche du tablier, et Mrs Crenshaw se retirait, en s'essuyant les mains sur ce même tablier. Jusqu'à cette fois où Mama l'a accueillie avec seulement un sourire et pas d'argent. Papa, afin d'éviter des ennuis, avait dû régler la note de l'hôpital, pour son bras. Mrs Crenshaw pouvait-elle attendre juste un peu avant de toucher le loyer ? Huit jours, guère plus ?

Mrs Crenshaw, une femme d'affaires obéissant à des principes, a fait non de la tête. Et vous avez déménagé, vous avez quitté la Maison du Poisson.

Amy a nommé le nouveau logis la Maison de la Glace, parce qu'il n'y avait qu'un seul appareil de chauffage, dans la cuisine. Cet hiver-là, toi et les autres, vous restiez assis devant la télévision jusqu'à l'heure d'aller au lit, les pièces autour de vous fermées et sombres, trop froides pour être utilisées. Allen Raymond était maintenant assez grand pour se tenir sur les genoux de Mama, à sucer son pouce ; ce n'était plus un bébé. Mais Mama aurait bientôt un autre bébé. Son ventre grossissait.

Mama et Papa se sont disputés tout l'hiver à cause du nouveau bébé. Papa ne voyait pas comment Mama comptait nourrir une bouche supplémentaire avec les quarante dollars par semaine qu'il gagnait, à présent qu'il avait un peu d'ancienneté à la compagnie du gaz. Maman demandait ce qu'elle pouvait bien y faire. L'eau était sous le pont. Le bébé allait arriver, il n'y avait plus qu'à l'aimer. Papa a dit que c'était de l'amour qui coûtait cher s'il avait pour conséquence que tout le monde aurait faim.

Et puis tu l'as vu sur le seuil de la chambre, fixant son moignon du regard, et grinçant des dents. Les bagarres entre tes parents tu ne les comprenais qu'à moitié, mais tu savais que l'air morne que prenait papa signifiait qu'il avait bu à cette bouteille que Mama détestait. Tandis que le ventre de Mama s'arrondissait il a de plus en plus souvent eu recours à l'alcool. Durant les mois d'hiver, leurs querelles se sont succédées sans répit.

Une fois il est rentré à la maison avec une coupure au-dessus d'un œil et il racontait une histoire de rixe , dans les Downs, la partie de Potter's Lake où vivaient les Noirs. Papa a dit qu'un de ces nègres l'avait blessé avec le couvercle d'une boîte de conserve. L'adjoint du shérif s'était interposé avant que les choses tournent au pire, et parce qu'il était un ami de papa il n'avait pas fait d'arrestations. Mama a soigné la blessure et mis Papa au lit, satisfaite que pour un soir il ait choisi de s'en prendre à quelqu'un d'autre. Il a dormi profondément jusqu'au lendemain après-midi, pareil à un nourrisson blotti sous une montagne de couvertures. Et ça a été un dimanche matin couvert de givre, et Papa a ri et plaisanté avec vous tous.

Amis John Crell est né la semaine suivante. Papa avait emmené Mama à l'hôpital dans son camion. Delia, la plus jeune sœur de Mama est venue s'occuper de vous. La nuit elle partageait le lit bancal d'Amy Kay, dans la même chambre qu'Allen et toi. Mama est restée quatre jours à l'hôpital. Au début, Papa lui a rendu visite, mais il n'aimait pas les hôpitaux et ne s'attardait guère. Le soir, de retour à la maison, il parlait tout bas à Delia en lui lançant des regards insistants. Tu ne comprenais pas ce qu'il voulait mais ça t'a fait peur. Delia prenait toujours soin de vous garder autour d'elle et de demander des nouvelles de Mama et du bébé. Elle allait au lit en même temps que vous, les enfants, et fermait à clef la porte de la chambre, mais parfois elle se tenait derrière et elle écoutait.

La note de l'hôpital s'élevait à cinq cent quarante-neuf dollars et soixante-treize cents. Quand la lettre est arrivée, Papa a lu la facture et a quitté la maison sans un mot. Tu l'as vu allumer les phares de son camion et sortir de la cour en faisant rugir le moteur. Visage durci, l'air furieux, les doigts crispés sur le volant. Amy, Allen et toi, vous étiez au lit avant qu'il rentre. Mama est venue toutes les heures sur la pointe des pieds pour voir le nouveau bébé qui dormait, petite noisette rose dans sa coque de couvertures. Chaque fois que Mama entrait dans la chambre tu t'éveillais et la contemplais qui se penchait tendrement sur le berceau,

Papa est réapparu tôt le matin et la dispute a commencé. Les cris t'ont réveillé et tu as écouté. Bientôt Amis John s'est mis à brailler à cause du bruit, mais quand Mama a voulu le consoler Papa l'a chassée de la chambre et a refusé de la laisser revenir. Un moment, tu l'as entendue pousser un cri de douleur. Le bébé a pleuré toute la nuit, Amy, Allen et toi étiez seuls à essayer de le calmer. Le matin, Mama avait le visage enflé d'un côté et le tour d'un de ses yeux était bleu foncé. Papa, assis à la table de la cuisine, buvait son café, comme si rien n'était arrivé. Quand il est parti, Mama a emporté Amis John dans sa chambre et tous deux ont passé la journée derrière la porte fermée.

Au printemps, après un second hiver dans cette maison, Papa a trouvé un endroit qu'il jugeait plus agréable et vous avez encore déménagé.

C'est lorsque vous habitiez le Hangar que Amis John s'est vu attribuer son surnom — Duck, c'est-à-dire Canard — pour avoir fait ses premiers pas à travers une flaque boueuse. Il avait sa part de bleus et d'égratignures mais elles guérissaient vite, et très tôt les médecins ont déclaré que pour lui comme pour Allen le sang était normal. Quand elle a su, Mama s'est sentie plus tranquille. Il y avait le nouveau bébé mais elle continuait à veiller sur toi, Danny, et dès que tu mettais le nez hors de la maison elle te recommandait de faire attention. Tu faisais toujours attention. Tu ne marchais jamais pieds nus dans l'herbe. Il y a eu un temps où tu saignais moins souvent. Tu étais heureux, tu écoutais Mama chanter en changeant les couches de Duck, elle demandait à Amy Kay ou bien à toi de lui passer les épingles.

Après un déménagement, Papa traversait toujours une

période de calme, comme si, en découvrant un nouvel endroit où s'installer, il avait accompli quelque chose qui lui tranquillisait l'esprit. Mais cette maison était particulièrement laide. Mama disait que les peintures avaient bien quarante ans. Sur le bois, à l'extérieur, Amy et toi vous efforciez de découvrir les traces d'un enduit. Vous n'arriviez pas à déterminer de quelle couleur avait été la maison. Amy affirmait que c'était bleu pastel. Amy étudiait de près le catalogue de Sears et savait tout sur les couleurs. La maison se composait de trois pièces en enfilade : une cuisine et deux chambres, et une véranda à l'arrière. Dans un bosquet de jeunes arbres, les cabinets étaient assaillis par la menthe et les prêles.

Ce printemps-là, Papa a dépensé trois cents dollars pour acheter une vieille Ford brune équipée d'un demi siège à l'arrière. Mama a placé un tabouret à trois pieds à l'endroit où manquait la moitié du siège et elle a dit à Amy Kay de toujours s'asseoir là, c'était sa place réservée. Papa, à cause de son bras arraché, conduisait à l'aide d'une manette spéciale. Quand Mama était avec lui il ne la laissait jamais prendre le volant.

Pour contribuer à payer la voiture Mama s'est mise à travailler dans les fermes et comme elle ne savait que faire de vous, elle vous emmenait tous. Au début du printemps elle a aidé un fermier, un peu plus bas le long de la route, à repiquer ses plants de tabac. L'été elle travaillait avec les autres femmes du voisinage, fixant le tabac vert sur de longues tiges afin de le suspendre dans les granges pour le séchage. Vous, les enfants, vous inventiez des jeux, dehors auprès des femmes et de leurs camions de tabac vert. Tu te souviens des coiffures que portaient les femmes, des chapeaux de soleil, en paille de couleur vive, avec de larges bords et des cordons rayés qui se nouaient sous le menton. Les femmes retroussaient les jambes de leurs pantalons jusque au-dessus de leurs genoux blancs. Le chapeau de Mama était bleu comme un œuf de rouge-gorge et le cordon rouge et blanc. Son genou droit était marqué d'une petite cicatrice pourpre qui datait du jour où elle s'était battue avec un de ses frères armé d'une houe. Ses mollets blancs ne devenaient pas au soleil, comme ceux des autres femmes, d'une teinte brune uniforme, mais se couvraient de taches de rousseur. Mama riait et bavardait avec ses compagnes en attendant que le tracteur ou les mules aient remorqué un autre chariot de tabac venant des champs. Elle avait sa façon à elle d'enrouler le tabac sur une tige, elle avait été élevée dans le comté de Pike, près de Madisonville, à des heures de Potter's Lake. Les femmes de Potter's Lake la regardaient travailler, étonnées. C'est que les gens d'ici avaient toujours pensé qu'il n'existait qu'une seule manière de s'y prendre et maintenant Ellen Crell leur donnait la preuve qu'ailleurs de par le monde on s'y prenait différemment. C'était pour elles comme une révélation.

Vous, les enfants, vous traîniez d'une grange à l'autre, dans l'odeur âcre des feuilles séchées, et vous auriez voulu savoir comment les grandes compagnies transformaient le tabac en cigarettes. Amy Kay prétendait qu'on mettait toutes les feuilles sèches en tas et qu'on louait des chevaux pour piétiner le tas jusqu'à ce qu'il ne reste plus que de la poudre. Ça marchait très bien, disait Amy, sauf que parfois les chevaux pissaient sur le tabac et c'est pourquoi les cigarettes avaient des filtres. La plupart du temps Amy restait dans l'ombre de la grange, gardant Duck qui de sous sa couverture avait pour elle des sourires et des petits gloussements. Toute la journée, Amy parlait à Duck, le laissait jouer avec son doigt et le traitait comme un ami qu'on entretient de choses sérieuses et personnelles.

Le soir, vous reveniez à la maison dans le camion et pour le dîner il y avait du poulet que Mama avait fait frire le matin, ou bien des œufs brouillés au lard, ou bien des macaronis et des tomates ou n'importe quoi d'autre qui pouvait se préparer en vitesse. Quand venait le moment de se mettre à table dans la chaleur de la cuisine la sueur coulait sur vos visages. Mama avait sous la main une tapette contre les mouches qu'elle utilisait durant le repas, balançant les cadavres d'une chiquenaude dans le sac poubelle près du fourneau. Les bonnes semaines, Mama gagnait autant d'argent que Papa. Il fallait faire attention, il y avait les notes de l'épicier, le loyer, les traites pour la voiture et quelquefois l'assurance en plus et les factures de l'hôpital.

Cet automne-là, Amy Kay entrait en classe. Mama vous a tous emmenés à Gibsonville où elle voulait lui acheter ses vêtements d'école. Toi et Allen vous avez écouté Mama et Amy parler de robes et de chaussures et discuter des prix. Mama se penchait pour entendre ce que disait Amy comme si Amy avait été elle aussi une grande personne. L'argent du tabac a glissé des doigts de Mama dans différents tiroirs-caisses. Mama portait Duck, donc Amy portait les sacs et elle s'arrêtait de temps en temps pour admirer ses affaires neuves.

Le premier jour, Mama et Papa sont allés ensemble la conduire à l'école. Quand elle est rentrée à la maison elle a dit que c'était amusant, l'école, sauf que les cabinets des filles étaient si grands qu'elle s'y était presque perdue. Lorsque tu as compris qu'Amy reviendrait à la maison chaque soir après la classe ça t'a paru bien moins impressionnant.

Peu de temps après, à l'automne, Mama, pour gagner un peu plus, s'est mise à trier le tabac. Elle a débarrassé la véranda et dans l'espace libre elle a rassemblé les feuilles à l'odeur âcre, enroulées sur des tiges, et elle en a fait des ballots selon la couleur et la qualité des feuilles. Tu l'aidais, tu retirais les tiges. Elle nouait en haut de chaque ballot de feuilles triées une simple feuille souple, en serrant bien comme les femmes noires serrent leurs cheveux dans des mouchoirs. Ça sentait le tabac séché partout dans la maison. Quand elle en avait fini avec un chargement, le tabac était embarqué à l'arrière du camion d'un fermier et un autre chargement le remplaçait sous la véranda.

Le soir, lorsque Papa rentrait à la maison, il regardait Mama travailler. L'air maussade et même en colère, il contemplait les doigts de Mama, si prestes, si habiles dans les piles de feuilles poussiéreuses. Il s'efforçait de lui faire interrompre son travail, de capter son attention.

— Pourquoi tu ne viens pas me tenir compagnie dans la maison ? De tout le jour je n'ai eu personne avec qui parler.

Et si elle le sentait de bonne humeur, si elle ne craignait pas que la conversation dégénère en une nouvelle dispute, elle s'arrêtait.

L'hiver est arrivé. Cette maison était aussi froide que la précédente, alors Papa s'est mis à en chercher une autre, et bientôt il a trouvé et ce qu'il avait trouvé lui semblait une meilleure affaire. Mama n'était pas toujours d'accord avec l'opinion que Papa se faisait d'une maison, mais cette fois elle lui a dit que la maison qu'il proposait était beaucoup plus agréable. Elle ne voulait surtout pas le contrarier. Le temps approchait où elle devrait lui annoncer qu'elle croyait bien être à nouveau enceinte.

Au début du mois de décembre, vous avez déménagé pour aller vivre dans la Maison du Sang.

La Maison du Sang était entourée d'un ensemble de granges, de resserres à outils, de matériel agricole tout rouillé, et depuis quinze ans servait à entreposer le tabac séché, disait son propriétaire, un fermier. Ce gentleman, Mr Silas Henry Rejenkins, exhibait un ventre ballonné au-dessus des méandres de sa ceinture. Aucune de ses chemises, à porter dans le pantalon ou sur le pantalon, aucune n'était assez longue pour recouvrir ce vaste melon de chair. Le nombril, exposé à toutes les intempéries, s'enfonçait comme un ravin dans cette douce panse poilue.

— Je te parie que ce vieux bonhomme, il y met ses crottes de nez, dans son nombril, disait Amy.

Mr Rejenkins a accepté de louer la maison à Papa pour presque rien à condition qu'on le laisse emmagasiner du tabac séché dans les pièces que Mama n'utilisait pas pour le tri et la mise en ballots. Papa a dit que c'était d'accord, mais il n'aimait pas beaucoup cet arrangement. Dès le début, Mr Rejenkins s'est trop intéressé à Mama. Le jour qui a suivi votre déménagement, Mr Rejenkins a frappé à la porte tôt le matin pour savoir — a-t-il dit — si Mama était satisfaite de l'état de la maison. L'air était froid et pourtant l'homme sentait la sueur. Il remontait sans cesse son pantalon qui glissait sur son gros ventre. Quand il souriait on aurait pu compter ses dents jaunies. A voir ses vêtements tellement fripés, disait Amy, on se demandait s'il ne les gardait pas pour aller au lit. Mais quelqu'un prenait grand soin de ses souliers vernis qui brillaient comme des miroirs. Les lacets noirs et cirés étaient noués tout de travers. Ce premier matin, Mr Rejenkins n'arrêtait pas de regarder ses chaussures et puis de regarder Mama, comme s'il s'attendait à ce qu'elle dise quelque chose à leur sujet. Mama a été très polie, mais elle l'a promené dans les pièces glaciales, lui montrant la porte de derrière avec son grillage arraché et sa serrure cassée. D'une voix égale elle lui a déclaré que sans serrure et sans porte grillagée elle ne se sentait pas en sécurité. Elle a mentionné les fuites d'eau au plafond d'une des chambres et l'a averti que si rien n'était fait le toit finirait par pourrir. Elle a signalé les lames de plancher branlantes, dans la cuisine, là où déjà elle avait trébuché alors qu'elle déballait la vaisselle. Imaginez qu'elle ait alors transporté de la soupe brûlante — Mama a ajouté que des vitres étaient brisées dans le séjour, la cuisine et les chambres, et c'était un danger pour les enfants, disait-elle, pour toi en particulier. Elle a parlé de tes ennuis, à cause de ton sang, elle a dit le nom de la maladie, hémophilie, et elle te tenait devant lui avec l'espoir que ça aurait quelque effet. Mr Rejenkins souriait en l'écoutant et t'a regardé distraitement. Tu aurais pu aussi bien être le chien de la ferme. Mama a dit qu'elle espérait que Mr Rejenkins ferait effectuer dès que possible toutes les réparations nécessaires. Il n'a pas cessé de sourire en contemplant à nouveau ses chaussures.

Elles brillaient, elles étincelaient dans la lumière qui entrait par la fenêtre de la cuisine. Mama a pensé qu'elles étaient neuves et qu'il voulait que quelqu'un lui en fasse compliment. Mama a murmuré quelque chose d'aimable sur les souliers neufs en général. Il a battu des paupières comme si c'était là le premier mot prononcé depuis son arrivée. Il a dit :

— Ce sont mes souliers du dimanche, ma belle. Je les ai depuis bientôt deux ans. Mon épouse en prend vraiment soin.

Il a souri encore, a cligné de l'œil pour avertir Mama qu'il allait être particulièrement intelligent.

— Je voudrais bien qu'elle prenne soin de tout le reste avec autant d'ardeur.

Peu de temps après, au petit déjeuner, Papa a dit à Mama qu'il trouvait que l'énorme hibou se donnait bien du mal pour rafistoler une cabane qui lui rapportait quinze dollars par mois. Mama a répliqué qu'on ne savait jamais ce qu'on pouvait attendre des gens. Papa a dit que la maison avait été inoccupée pendant quinze ans et soudain le Rejenkins la louait pour moins que rien et la remettait en état lui-même. Ça n'avait pas de sens. Mama a répondu qu'elle savait se défendre. Tant qu'il s'occuperait à rendre la maison plus habitable elle s'arrangerait du bonhomme.

Papa a dit, presque en colère, qu'il vaudrait peut-être mieux qu'elle annonce à Mr Rejenkins que son mari réparerait tout ce qu'il y avait à réparer. Mama a demandé à Papa quand il espérait trouver un moment pour ces bricolages. Et qu'est-ce que Mr Rejenkins aurait pu tenter quand elle avait les gosses avec elle toute la journée ? Papa a dit que les gosses, c'est pas ce qui empêcherait un homme aussi costaud de faire ce qui lui passe par la tête.

Ce Mr Rejenkins tellement gros, est-ce que Papa se sentait lui-même capable de l'arrêter ? a demandé Mama.

Elle ne voulait rien dire de spécial. Mais Papa a regardé son bras. Tranquillement, il a répondu :

— Dieu m'est témoin que je suis capable de veiller sur ce qui m'appartient.

Il a terminé son petit déjeuner et il est parti au travail. Mama a écouté le camion s'éloigner et elle a bu une tasse de café. Puis elle s'est tenue à la fenêtre, le regard perdu dans le vague, tandis que les voitures défilaient sur la route.

Un jour de grand froid, peu de temps après, tu jouais avec Amy Kay dans les hautes herbes, derrière un des appentis près de la maison. Vous bâtissiez des cabanes de branchages, riant lorsque vous en aviez terminé une et que le vent l'emportait.

Le vent d'hiver soufflait fort au travers des champs dénudés. Les cheveux de ta sœur dansaient en mèches folles. Vous avez joué pendant des heures dans le froid, vous étiez contents. Puis, vers le soir, Amy a dit :

— T'as vu ? C'est Mr Grosjenkins. Il vient par ici.

Il s'est amené, dans ses laines et ses sweaters, exhalant de la vapeur et criant :

— Hé les gamins, où elle est votre Mama ?

— Elle est dans la maison. Elle lave le linge, a répondu Amy.

Il a demandé, en lui tapotant la tête :

— Comment tu t'appelles, ma petite ?

Tu as dit :

— Elle s'appelle Amy Kay.

Le sourire de Mr Rejenkins s'est élargi jusqu'à ses oreilles.

— C'est un joli nom. Tu es son petit frère ?

— Il s'appelle Daniel Nicholas a dit Amy. Faut pas l'embêter lui non plus. Il saigne.

Mr Rejenkins t'a contemplé, pensif.

— Oui, je crois que ta mère m'en a parlé. Tu as une très jolie Mama, pas vrai ?

— On le sait que Mama est jolie, a dit Amy. On a besoin de personne pour nous l'apprendre. Viens, Daniel. Je suis sûre que Mama veut qu'on rentre.

Elle t'a pris par la main et vous vous êtes éloignés tous les deux, laissant sur place le gros bonhomme qui contemplait l'endroit que vous veniez de quitter d'un air aussi satisfait que si vous aviez été encore là. Tout en marchant, tu as dit :

— Mr Rejenkins, il pue, tu trouves pas ?

Amy Kay a secoué la tête avec tant d'énergie que ses cheveux ont volé, et elle a couru en avant jusque dans la maison, claquant la porte derrière elle.

C'était en janvier à l'époque de l'année où Papa avait beaucoup à faire. Par temps froid Papa travaillait tard le soir, Il réparait les chaudières et livrait des bouteilles de gaz. Parfois il rentrait bien après minuit. Vous les enfants, vous aimiez ces soirées lorsque Papa était absent, vous n'aviez pas à rester silencieux, vous n'étiez pas tourmentés par l'idée qu'il avait planqué du whisky dans son camion ou que Mama risquait de dire quelque chose qui le rendrait furieux et qu'il se mettrait alors à l'insulter. Durant les nuits de cet hiver-là tu dormais au chaud sous une montagne de couvertures et Allen te laissait t'appuyer contre son dos. Mais Mama, après le coucher des enfants, marchait de long en large, et elle avait froid parce que la maison entière était froide, et elle avait peur à cause de toutes ces fenêtres autour d'elle. Il n'y avait pour voisins que les Rejenkins, elle voyait au-delà des champs leurs vitres éclairées mais elle qui avait toujours vécu dans des maisons qui ne lui appartenaient pas ne se sentait pas moins solitaire. Le nouveau bébé grossissait dans son ventre et elle n'en avait toujours rien dit à Papa. La peur de ce qu'il ferait quand elle aurait le courage de l'affronter s'ajoutait à ses vagues frayeurs nocturnes des calmes soirées hivernales, et elle marchait, marchait dans la pièce. Un soir de ce mois de janvier — Papa n'était pas rentré et vous les enfants vous dormiez et l'écran de la télévision était éteint — Mama s'est mise comme d'habitude à marcher de long en large. Soudain il y a eu contre la vitre un léger tapotement, comme d'un doigt replié.

Mama s'est immobilisée. Quand le tapotement a repris elle a saisi un couteau sur l'égouttoir. Pas de téléphone pour appeler la police, nulle part où aller que ces champs à l'entour. Les heurts ont continué longtemps sur la vitre d'une fenêtre et puis d'une autre fenêtre et d'une autre encore et d'une autre. Plus tard Mama a avoué qu'elle croyait bien en perdre la raison lorsqu'enfin le camion de papa est entré dans la cour et que les coups frappés au carreau ont cessé.

Le bruit du camion t'a réveillé, le tintement de chaînes contre la grille et le grincement de la barrière qu'on ouvrait et refermait. Papa sifflait en avançant vers la maison. A la façon dont il sifflait tu as compris qu'il avait bu. Il a trouvé Mama dans la cuisine, le couteau à la main, les bras frileusement croisés sur la poitrine. Elle a dit plus tard que tout ce qu'elle voulait à cet instant c'était courir vers Papa et lui raconter les coups contre la vitre et qu'il la prenne dans ses bras et la rassure. Mais alors elle a vu qu'il était ivre.

Et aussitôt elle l'a accusé d'avoir frappé aux carreaux pour lui faire peur.

Il a secoué la tête. Ce soir-là il rentrait à la maison tout joyeux, et il a répondu aux accusations de Mama d'une voix douce et affectueuse.

— Non, ma chérie. Je suis allé jouer au billard avec Joe et Fish, et on a écouté des airs du juke-box. Qu'est-ce qui ne va pas ?

Elle lui a dit ce qui s'était passé. Il s'est dirigé vers la fenêtre de la cuisine, ses pas lourds résonnant dans toute la maison. Quand il a repris la parole il n'y avait plus de gaieté dans sa voix.

— Ce gros porc, ce salaud. Tu l'as laissé entrer ?

— Je ne sais pas qui c'était, Bobjay. J'ai seulement entendu cogner.

Il a abattu le poing sur l'évier, faisant s'entrechoquer les tasses et les soucoupes.

— Qu'est-ce qu'il vient foutre par ici, en pleine nuit ?

Mama a insisté :

— Je ne sais pas qui c'était. Je n'ai pas vu. Et personne ne lui a demandé de venir frapper aux carreaux.

— Et *personne* ne l'a fait entrer dans cette maison chaque matin depuis un mois. Mr Rejenkins, arrangez-moi ci, arrangez-moi ça, Tout en douceur et gentillesse.

— Y avait des choses à remettre en état.

— Et *des choses* ont été faites. Oh je vois comment ça se passe entre vous deux. Combien de fois il est venu te voir quand je ne suis pas là le soir ? Qu'est-ce qu'il voulait, pour que tu t'armes d'un couteau ?

— Bobjay, dis pas de bêtises. Je n'ai vraiment rien à faire avec cet affreux poussah. Tu parles comme si j'étais une putain.

Bientôt les cris ont réveillé Amy Kay et Allen. Ils se sont assis dans leur lit, les couvertures empilées sur leurs genoux.

— Ça recommence, a chuchoté Amy.

— Je veux me rendormir, a dit Allen.

— Les gens dans le désert veulent de l'eau glacée, a répliqué Amy. Dis à Papa de se taire parce qu'il t'empêche de dormir et tu verras ce qui t'arrivera.

Ils ont baissé la voix lorsque la dispute s'est aggravée. Les injures que lançait Papa résonnaient très fort contre les murs.

— T'as pas intérêt à me raconter des mensonges, sale pute.

— Quelqu'un frappait aux vitres, Bobjay. Si ça avait été quelqu'un que j'allais faire entrer, il aurait pas continué.

— C'était peut-être un signal. Vous vous étiez mis d'accord pour qu'il sache que j'étais pas là.

— Pour savoir si tu étais là ça lui aurait suffi de regarder s'il voyait ton camion. Celui qui est venu a frappé plusieurs fois à une fenêtre et puis plusieurs fois à une autre. Je ne sais pas qui c'était.

— Gros-cul bide-mou dents pourries œil qui dit zut à l'autre, un salaud minable et puant, a dit Papa.

— Ça pourrait être un vagabond de la grand-route, a dit Mama. Ça pourrait être un Noir de l'arrière-pays. Dans le coin personne ignore que presque chaque soir je suis seule ici avec les petits. Tout le monde peut se rendre compte quand ton camion n'est pas dans la cour. Et cette maison pas trop solide...

— Qui c'était, tu t'en foutais, a dit Papa. Ça t'aurait pas fâchée que ce soit pas le vieux Rejenkins, hein ?

— T'as l'air de me prendre pour une vraie ordure.

— Tu vaux guère mieux, a dit Papa. T'es juste comme le reste de ta famille.

— Je suis ta femme, a dit Mama.

— Peut-être pas pour longtemps, a dit Papa.

Tout bas, Mama a demandé :

— Ça veut dire quoi ?

— Attends voir.

— Va l'interroger. Il est sûrement et depuis des heures au lit avec sa femme.

Papa a dit tout net que ce fumier, il lui ferait cracher tout ce qu'il voulait savoir.

La voix de Mama est montée à l'aigu :

— Qu'est-ce que tu cherches dans ce tiroir ?

— T'as un couteau. Pourquoi j'en aurais pas un ?

— Je t'en prie, pas ça, Bobjay. Pose ce couteau. Je t'ai dit la vérité. Qu'est-ce que tu te figures...

— Depuis qu'on a emménagé tu lui fais ton cinéma. Eh bien c'est la dernière fois qu'il voit tes simagrées.

Tu as entendu la porte de la cuisine se refermer. Un instant plus tard tu entendais rire Papa, comme il traversait la cour.

Dans la pièce voisine Mama allait et venait, en marmonnant quelque chose. Tu n'aurais pu dire si elle priait ou pleurait ou chantonnait mais tu avais envie de la rejoindre. Avant que tu te décides elle est entrée dans la chambre, en s'essuyant les yeux. Vous vous êtes tous immédiatement rassemblés auprès d'elle. Son regard n'a fait que vous effleurer. Elle tenait à la main un sac en papier. Elle a dit :

— Habillez-vous. Amy, quand tu seras prête, prends de quoi te changer, et un vêtement de rechange aussi pour les garçons et mets le tout dans ce sac.

Amy a écarquillé les yeux, incliné la tête, et elle est allée chercher ses affaires dans un coin sombre de la pièce. Tu n'avais pas encore enfilé ton pantalon que déjà elle fourrait des chemises et des chaussettes dans le sac de papier brun. Allen s'est habillé tout seul, tu lui as seulement noué ses lacets. Maman a lissé de la main les cheveux de Duck en lui murmurant quelque chose à l'oreille. Même là, dans la pénombre, le petit visage de Duck rappelait le visage de Papa. Mama a laissé Duck se blottir contre elle, cramponné à sa jupe tandis qu'elle comptait l'argent dans son porte-monnaie et prenait sur son trousseau la clef de la voiture.

Allen a demandé :

— Papa va faire du mal à Mr Rejenkins ?

— Papa a bien trop peur. Il ne fera de mal à personne d'autre que nous, a dit Mama. Boutonnez vos manteaux et montez dans l'auto.

Amy s'est chargée du sac et s'est mise en route. Elle a eu pour toi au passage un sourire crispé. Tu as saisi la main d'Allen et tu as suivi. Mama portait Duck dans ses bras, sans le regarder, sans regarder aucun de vous, regardant seulement les fenêtres. Elle a fermé le radiateur à gaz de la salle de séjour. Allen et toi vous avez descendu les marches du porche derrière Amy. Dans la cour, la voiture luisait au clair de lune, le capot et les vitres veinés de givre. Maman a frotté énergiquement le pare-brise et s'est glissée au volant, Duck paisiblement affalé contre son épaule et suçant son pouce. Puis Amy a pris Duck, lui a mis une tétine dans la bouche et lui a essuyé le pouce avec une serviette de toilette tirée du sac de papier brun. Mama a dit :

— Fermez les portières.

Le cliquetis de quatre taquets qu'on enfonce, froids sous les doigts.

Mama a tourné la clef de contact. Le moteur a toussé, a paru sur le point de démarrer. Et puis... plus rien. Mama, lèvres serrées, a encore essayé. Le moteur a tourné, ronflé. Mama a écrasé du pied la pédale de l'accélérateur. Le moteur a vrombi, puis hoqueté, et Mama, les doigts raides, a abandonné.

— Papa s'est arrangé pour que ça marche pas, a dit Amy.

Mama n'a rien répondu. Allen s'est appuyé contre toi et tu as murmuré :

— Ça va marcher. C'est le froid. Dans une minute ça démarre.

A la lueur des étoiles tu contemplais les motifs que dessinait la gelée blanche. Mama a penché la tête, appuyé le front contre le volant glacé et soupiré :

— Oh mon Dieu, je vous en prie, faites que cette fois ça démarre. Je vous en prie.

Amy s'est redressée, puis elle s'est penchée vers le pare-brise. Elle a dit :

— Je vois Papa près de la grange.

Elle l'a montré du doigt, dans l'ombre une ombre plus légère. Tous vous le regardiez, comme en transe, et il a allumé une cigarette et jeté à terre l'allumette encore enflammée. Un instant dans sa main du métal avait brillé. Il s'est éloigné de la grange, s'arrêtant au milieu de la cour, jambes écartées, juste en face de la voiture. Mama s'est agrippée au volant, Elle a crispé les lèvres. Elle a tenté encore une fois de lancer le moteur, sans affolement, avec des gestes rapides mais calmes. Le moteur a seulement grondé. Papa a plongé au-dessous de la corde à linge, donnant au passage un coup de pied dans un petit jouet de plastique.

— Mon tracteur, a chuchoté Allen d'une voix aiguë mais étouffée.

Et il s'est pressé tout contre toi. Papa se rapprochait. Mama tournait le volant encore et encore et répétait :

— Démarre. Pourquoi ça démarre pas ? Démarre !

Papa a cogné sur le capot de la voiture avec le couteau de boucher. Il a demandé :

— Ma chérie, qu'est-ce qui t'arrive ? d'une voix assourdie par le pare-brise et il y mettait de l'inquiétude. Cette vieille bagnole donne des ennuis à ma poupée ? Sors de là et je te la mets en marche.

Mama a posé les mains sur ses genoux, comme si le volant était devenu brûlant au toucher.

— Allons, sors, ma douce, a repris Papa. Je fais partir le moteur et puis je te laisse la place et tu vas voir ta Mama. C'est bien ce que tu as dans l'idée ? Aller voir ta grosse vache de mère ?

Mama a hoché lentement la tête, serrant à pleines poignées ses boucles brunes.

— Ça sera vite réglé, a dit Papa en donnant un petit coup de couteau contre le capot. T'auras pas le temps d'avoir froid.

— Dis, Mama, il peut pas nous faire mal ? a chuchoté Allen.

Mama a hoché encore la tête :

— Non, mon garçon. Reste tranquille.

Papa a dit :

— Si tu sors pas c'est moi qui monte, tu sais.

Allen a repris :

— Il peut pas monter ?

— Tais-toi, Allen, a dit Amy.

Papa concluait en souriant :

— Tant pis, Baby, je t'ai donné ta chance.

Il a grimpé sur le capot. La voiture s'est cabrée sous son poids. Mama a poussé un petit cri. Papa martelait du poing le pare-brise. Mama l'observait, immobile, tirant sur ses cheveux. Papa a lancé un juron et, levant le couteau, l'a projeté violemment contre le verre.

Quand le verre s'est étoilé, Mama s'est mise à gémir, et à remuer encore et encore la clef de contact, écrasant du pied l'accélérateur. Le pare-brise a éclaté vers l'intérieur, vers son visage. Elle le regardait s'affaisser comme si elle ne savait pas trop ce que c'était. Et enfin elle a dit :

— Ouvrez les portières et courez. Vite.

Quatre taquets qu'on relève, quatre portières qui s'ouvrent. Mama serre Duck contre sa poitrine.

Elle court vers les champs, vers l'obscurité qui la protégera. Allen court dans une autre direction, vers la grange, là où Papa se tenait tout à l'heure ; Amy Kay retourne du côté de la maison, filant telle une blatte jusqu'au porche pour se cacher derrière un des montants de briques. Et toi aussi, Danny, tu cours, tu décris follement un grand cercle par-delà les cabinets et le tracteur rouillé, et ça tape dans ta tête, comme des coups de marteau. Au fond de la cour tu vois Mama — sa veste blanche se détache de l'ombre — Mama arrêtée dans sa fuite par un fossé trop large. Elle tient Duck très fort contre elle mais elle ne le regarde pas, elle fixe des yeux les étoiles et lorsque Papa approche elle pousse un cri déchirant qui semble venir de la terre et monter droit en elle. Papa s'avance, le couteau oscillant dans sa main. Il rit de la voir si effrayée qu'elle ne songe même plus à courir. Tu bondis vers elle en braillant afin que Papa la laisse tranquille et Allen dans la cour fait pareil. Tu entends la petite voix d'Allen suppliant sa Mama de se sauver. Tu rassembles tes forces, tu veux courir plus vite à travers l'herbe gelée que tu distingues à peine parce que le vent piquant te met les larmes aux yeux. Mais tu crois entendre une voix qui te dit d'être prudent, de ne pas courir dans le noir sans regarder où tu poses les pieds.

Tu as su tout de suite que tu tombais, tu as su tout de suite ce qui t'arrivait. Tu as vu le sol jaillir vers toi. D'abord ça n'a été qu'une calme surprise. Puis ça t'a secoué tout le corps. Ta bouche ouverte s'est brusquement refermée, dents serrées sur ta langue.

Dans ta bouche du chaud, du léger. Tu as levé les mains pour recueillir ce qui tombait encore, humide et sombre, qui dégoulinait sur tes doigts, tiède, épais. Tu as fermé les yeux, cherchant à entendre le sang couler.

A quelques mètres de distance, Papa s'avançait vers Mama qui poussait toujours son cri et Papa débitait des mots que tu ne comprenais pas, le couteau levé. Mama s'est tournée de côté pour protéger Duck qui regardait le couteau. Tu ne les voyais pas clairement mais tu as couru vers eux, tendant des mains obscures, les secouant pour les sécher et sentant la chaleur se répandre sur ton menton et dans ton cou.

Tu les as contournés et tu t'es placé entre eux. Tu t'es approché de Mama et tu as dit, la voix brouillée par le ruissellement du sang :

— C'est arrivé comme ça. Dans l'herbe.

Mama t'a hurlé quelque chose, fixant le vide au-dessus de ta tête.

Papa t'a saisi par l'épaule et t'a fait tournoyer, et le couteau a lui près de ton oreille.

— Tu viens te mettre entre ton papa et ta mama, bonhomme !

Il allait en dire plus, mais à la vue du sang sur ton visage sa colère est devenue confusion. Il a frémi et reculé, jetant le couteau à terre. Mama elle aussi a vu.

Elle a respiré profondément et le calme est revenu, même l'air était calme. Sans dire un mot, elle a tendu Duck à Papa et Papa n'a pas protesté, a pris l'enfant. Elle s'est agenouillée devant toi et elle a dit sans élever la voix :

— Ta bonne chemise est pleine de sang. C'est Papa qui t'a fait ça ?

Tu as dit :

— J'ai glissé sur l'herbe. Je me suis mordu la langue.

Un moment, elle est restée à regarder ce sang. Puis elle s'est tournée vers Papa d'un air dégoûté. Et elle t'a emmené à la maison. Elle t'a étendu sur le divan dans la cuisine, a pris des serviettes qu'elle a mouillées un peu, pour étancher le sang. Tu l'as entendue qui appelait les autres, du seuil de la porte. Tu contemplais le plafond où des taches brunes formaient ce qui ressemblait au visage d'un brave homme, aimable et souriant, Tu as voulu dire à Mama de t'excuser, mais elle t'a fait signe de ne pas parler. Elle arpentait la cuisine, bras croisés et serrés contre elle.

Et puis tu as entendu des mots échangés et toi tu fixais le plafond. Amy Kay s'est penchée vers toi. Elle a dit :

— C'est Papa ? Mama ne veut rien raconter de ce qui s'est passé et moi j'en perds la boule.

Allen a effleuré timidement ton menton où le sang stagnait en une flaque. Papa, avec un sourire bienveillant, s'est penché vers toi, Duck encore dans ses bras qui s'écartait de lui de toute la faible force de ses poings de bébé :

— Tu ne remues pas et ça ira. Tiens-toi vraiment tranquille. Et ça va s'arrêter. Okay ?

Par derrière, Mama a ri.

— Si tu te figures que ça suffit de le dire pour que ça s'arrête... Il s'est presque coupé la langue en deux.

Papa contemplait sa manche qui pendait autour du morceau de bras.

— Qu'est-ce qu'on fait ?

Et Mama, tranquillement, a répondu :

— D'abord tu me donnes ce bébé. Ensuite tu vas te coucher et tu dors jusqu'à ce que je te réveille. Et assez de tes hurlements pour ce soir.

— Hé, la voilà qui monte sur ses grands chevaux, cette Miss Pimbêche.

— Ça ne va pas s'arrêter de saigner juste parce qu'il est étendu sur ce divan, Bobjay. Faudra peut-être qu'il aille à l'hôpital.

Tu as entendu Duck, quelque part, qui se mettait à pleurer, et puis Mama qui lui murmurait deux ou trois mots à l'oreille. Elle a redit à papa :

— Va te coucher. Si dans un petit moment ça continue toujours je t'appellerai.

— Tu ne veux pas que je reste avec toi ?

Mama s'est tournée vers l'évier.

— Pour l'instant, je peux à peine supporter de te voir.

Papa a quitté la pièce, traînant les pieds, la manche vide se balançant au rythme de sa marche. Mama a respiré un bon coup et a mouillé une autre serviette.

Une fois les enfants au lit, elle a éteint toutes les lumières à l'exception de celle de la pièce voisine qui projetait jusque dans la cuisine une lueur douce, Mama se déplaçait sans bruit, remplaçant les serviettes rougies par des serviettes blanches. Elle a dit, en tordant les serviettes au-dessus d'une cuvette émaillée :

— Je crois bien que ça ralentit.

Elle a glissé dans ton dos des oreillers supplémentaires pour te redresser la tête.

— Laisse le sang couler sur les serviettes, Danny, n'essaie pas de l'avaler. Ça te ferait vomir.

Elle t'a posé sur le front une main fraîche et douce. Elle a dit :

— C'est le diable qui s'en mêle. Qui fait couler le sang même quand tu ne bouges pas. Tu n'y peux rien. Te tracasse pas.

Tu as dormi un moment. Ou seulement somnolé. Et puis quelqu'un t'a touché et juste avant d'ouvrir les yeux tu as rêvé que c'était un visage nouveau, aimable et bon. En te réveillant tu as vu le tendre sourire de Mama, tu as senti ses doigts légers sur tes lèvres. Tu t'es soulevé, tu as voulu lui raconter ton rêve, mais tes lèvres étaient sèches et poisseuses. Elle a dit :

— Reste tranquille.

Papa était assis à la table de la cuisine, passant entre ses dents un brin de paille à balai, le regard vaguement dirigé vers les fenêtres noires et la nuit sans visage. Il avait son bon manteau avec la manche que Mama a cousue. Comme Mama se retournait il a dit :

— Je veux rien devoir à Rejenkins. J'emporterai plutôt le gosse sur mon dos que demander une faveur à ce salopard.

— Facile à dire, a répondu Mama. Mais ton fils saigne à flots et il faut voir un médecin.

— On peut le mettre dans le camion.

— Il doit être allongé. Ça ralentit l'hémorragie.

— Il peut mettre sa tête sur tes genoux.

— Pour la tête, ça irait. Mais le reste on en fait quoi ? Et le siège est couvert d'outils. Tu vas tout débarrasser ?

— Toi, il te faut le grand luxe, même pour conduire un môme à l'hôpital.

La paille a tremblé entre ses doigts. Il a ajouté :

— Des comme toi y en a pas beaucoup.

Mama est allée jusqu'à la fenêtre, a écarté les rideaux en plastique. Le clair de lune lui dorait les bras.

— Je suppose que tu aurais trop honte d'avouer que tu as démoli le pare-brise de ta voiture et que ça t'empêche de conduire ton fils à l'hôpital.

Papa s'est levé, repoussant brutalement la chaise sous la table.

— Tu as déjà oublié les coups sur la vitre et cette foutue peur que t'as eue ? Tu crois vraiment que c'était un nègre qui avait entendu vanter ton charme et s'était tapé tout le chemin pour te rendre visite depuis son quartier pouilleux ? Et maintenant tu voudrais que je demande la voiture de ce salaud ?

Mama a rougi jusqu'aux oreilles.

— J'ai rien oublié. Mais je vois le sang de mon gamin qui tombe sur une serviette éponge et je me dis que je n'ai pas le temps de me casser la tête au sujet d'un imbécile qui veut regarder par une fenêtre et non plus d'un autre imbécile qui est responsable de l'accident.

— Il est pas encore mort, le gosse. Ça peut s'arrêter tout d'un coup.

Mama s'est mise en colère.

— Tu sais bien que son sang n'est pas normal et ne va pas s'arrêter de couler. Danny était comme ça à la naissance, c'est pas de sa faute.

— Et à qui la faute s'il est né comme ça?

Elle lui a jeté un coup d'œil furieux. Puis elle s'est approchée du divan et t'a observé un long moment. Enfin elle a dit :

— Il faut que je te change de vêtements, Danny. On va t'emmener chez le médecin.

— Là tu trouves plus rien à répondre, hein? A qui la faute, tu le sais.

Mama a passé sur ton front une main fraîche.

— Si tu ne demandes pas la voiture je le ferai, moi. Pas besoin de parler à cet homme, je m'adresserai à sa femme. Je n'ai pas l'intention de rester assise ici à attendre que le petit se vide de son sang.

Sans un mot de plus elle t'a lavé et rhabillé, te soulevant avec précaution pour changer ta chemise, déplaçant tes jambes minces et blanches pour t'enfiler un pantalon propre sans déranger l'assemblage de serviettes qui étanchaient le sang. Papa se curait les dents. Il a bu un verre d'eau à l'évier; tu l'entendais déglutir à chaque gorgée. Mama est sortie de la pièce, emportant tes vêtements sales. Papa s'est tourné vers toi, dans l'encadrement de la fenêtre noire. Il a fermé son manteau, le boutonnant de sa seule main. Une fois à la porte de derrière il a lancé :

— Dis à Mama qu'elle se dépêche de te préparer. Je reviens dans un instant.

Mais quand Mama a vu que Papa n'était plus là, tu n'as rien eu à lui dire, elle a incliné la tête et elle a souri faiblement.

Tu as encore somnolé dans le silence qui a suivi, un silence seulement troublé par le bruit étouffé de ses pas et les froissements doux des vêtements qu'elle rassemblait dans un sac de papier brun, des vêtements pour toi et pour elle. Elle a refermé les rideaux et a fait couler de l'eau pour se rafraîchir la figure. Tu dérivais sur un nuage, parfois l'observant, parfois l'oubliant, mais toujours conscient de la lumière et du chaud ruissellement sur ta langue, et du doux contact des serviettes. Un moment, tu l'as entendue qui fredonnait un hymne de l'église. Elle n'avait pas vraiment de goût pour le chant, mais parfois elle fredonnait un air qu'elle aimait.

Plus tard, combien de temps après tu ne pourrais dire, Papa est revenu. Mrs Rejenkins était avec lui, elle sortait du lit, ses cheveux d'argent roulés serré dans des bigoudis de plastique rose. Elle était chaussée de mules d'appartement en cygne rose et une robe de chambre matelassée rose lui descendait des épaules comme les côtés d'une pyramide. Son large visage luisait, rougeaud, ses grandes mains étaient noueuses, c'étaient les mains qui astiquaient les chaussures de Mr Rejenkins. Mrs Rejenkins s'est précipitée vers Mama et l'a serrée dans ses bras.

— Pauvre petite ! Lorsque Bobjay m'a dit ce qui était arrivé je ne pouvais que venir en courant. Vous devez être folle d'anxiété.

Quand la femme l'avait touchée, Mama avait frémi et lentement elle se dégageait, disant :

— Merci de prendre cette peine, mais fallait pas vous tracasser.

— *Me* tracasser ? Mon Dieu, c'est bien vous qui avez tout le tracas. Je serais une mauvaise chrétienne si je ne faisais pas mon possible pour vous aider.

Mrs Rejenkins a penché ses bigoudis dans des directions variées. Et puis elle a repris :

— C'est un accident stupide. Bobjay m'a raconté. Encore heureux que cet enfant se soit pas assommé sur le pare-brise.

— Le pare-brise ?

Papa a lancé à Mama un coup d'œil d'avertissement. Et il a dit lentement :

— C'est dingue un truc pareil. Une telle chute.

Mrs Rejenkins t'a contemplé d'un air désolé.

— Pauvre chou. Je suppose que c'est pas le moment de te crier après, te voilà déjà suffisamment puni. On t'y prendra plus à grimper sur le capot gelé des voitures, n'est-ce pas ?

Quelle chance que ce soit ta nuque qui a cogné et pas ton front, parce qu'alors Dieu seul sait dans quel état tu serais à présent. Tu aurais sûrement le nez cassé, en plus.

— Il peut pas répondre a dit Mama. Il ne doit pas remuer la langue.

— M'en parlez pas, a dit Mrs Rejenkins. Et tout ce sang.

— Le moteur tourne, a dit Papa. Faudrait partir.

Mama a frotté ses bras nus.

— Je vais d'abord réveiller les autres.

— Ecoutez, Ellen, laissez-les dormir, ces petits, a proposé Mrs Rejenkins. Dès j'ai su ce qui était arrivé, j'ai demandé à Bobjay qui s'occuperait de vos autres gamins pendant que vous iriez à l'hôpital. C'est pas ce que j'ai dit, Bobjay ? Et il a eu l'air paumé, comme s'il avait pas pensé à ça, et j'ai pas été surprise parce que les hommes, quand ils ont des ennuis, perdent tout sens pratique. Alors j'ai supposé que vous aviez l'intention de les prendre avec vous et je me suis dit comme ça, les gosses ils vont lui en donner du tourment à cette malheureuse femme à l'hôpital, et Dieu sait qu'elle en a bien assez déjà. Et je me suis dit encore, tu vas aller là-bas et rester avec eux. Mon mari dort comme un cochon dans la soue il se fiche pas mal d'être seul ou d'avoir quelqu'un près de lui. Nous, des bébés, on n'en a pas, alors ça me fera plaisir de m'occuper de ceux-là.

Mama a remercié Mrs Rejenkins et a dit à Papa :

— Emporte-le doucement. Tu marches droit, au moins ?

— Mon mari, il les aime, vos enfants, a repris Mrs Rejenkins. Il aime venir ici pour les voir. Ça vous surprend ? C'est pour ça qu'il les fait lui-même, toutes ces petites réparations au lieu de payer un bonhomme pour le travail. Ça lui coûterait pas grand-chose, y a tellement de mecs qui traînent sans trouver de boulot, et cette maison est si vieille.

Elle s'est tue et tournée vers Mama elle a cligné de l'œil, tout juste comme une vache clignerait de l'œil en mâchonnant son herbe. Mama lui a dit où étaient les céréales pour le petit déjeuner d'Allen et les biberons pour Duck et a noté l'heure à laquelle

Amy devait se lever pour ne pas manquer le bus de l'école. Papa t'a regardé, et il a posé sur ton front sa lourde main à la peau raide et striée. Bizarrement, c'était bon de la sentir là. Papa a dit :

— Ça va s'arranger. On te conduit à toute bringue chez le docteur.

Il s'est agenouillé et tu t'es appuyé contre son épaule solide. Il sentait le gaz oil et la sueur et après il a senti aussi ton sang parce qu'en marchant il avait secoué les serviettes d'un côté et de l'autre et sa chemise était toute éclaboussée. Quand tu as été couché sur le siège arrière de l'auto il s'est essuyé la nuque, en marmonnant quelque chose que tu n'as pas compris.

A l'arrivée, Papa a garé la voiture sous une plaque de ciment gris portant en relief le nom de l'hôpital. Papa t'a sorti de la voiture dans la dure lumière fluorescente. En te laissant aller contre sa chemise humide de sueur tu as senti son cœur battre fort. Mama suivait de très près, tenant la serviette pour éponger le sang, écartant tes cheveux de tes yeux. Elle a dit :

— Tu n'as pas à avoir peur. C'est un hôpital ici, on va te soigner. Tu es déjà venu à l'hôpital, même si tu ne t'en souviens pas.

Papa, le regard sans expression, s'est arrêté devant la porte de métal peint en gris. Mama l'observait. Il a toussé et craché. Il a dit :

— J'aime pas l'odeur de cet endroit.

— Ça ira mieux quand tu seras à l'intérieur. Calme-toi.

Il a secoué la tête,

— Ellen, je crois pas que je pourrai supporter.

Mama l'a encore observé en silence. Sur son visage une soudaine douceur qu'elle aurait aimé cacher. Elle a étendu la main vers la joue pas rasée. Elle l'a touchée et Papa a reculé, comme si elle le frappait. Ce geste de tendresse le prenait par surprise. C'est seulement après quelques secondes qu'il s'est appuyé sur la main de Mama. Il a dit :

— C'est drôle comme cette porte me rappelle des choses.

— Tu n'es pas obligé d'entrer. Tu peux attendre dans la voiture.

Il a secoué la tête, la regardée, certain que la tendresse ça ne durerait pas. Puis, de son moignon, il a poussé la porte.

Dans le hall une infirmière a demandé :

— Etes-vous les gens avec l'hémophile ? Une dame a appelé pour annoncer votre arrivée.

L'infirmière s'est penchée vers ta bouche, comme si elle pensait y trouver du sang d'une couleur différente. Le bord de son bonnet blanc t'a effleuré le front. Dans le couloir il faisait chaud, tu t'es senti lourd et somnolent. Tu regardais deux filles aux bonnets épinglés sur des montagnes de cheveux ébouriffés, qui remplissaient des dossiers sous la lumière des lampes à col de cygne. Tu as bâillé à la figure de l'infirmière et elle a vivement reculé d'un pas.

Ils t'ont porté dans une chambre où dormait un petit Noir couché sur un large lit métallique, et il avait des tubes fixés aux bras et d'autres dans les narines. On t'a étendu sur un lit semblable, près de la fenêtre. La matelas était différent de ceux de la maison, c'était comme si chaque partie du matelas savait ce que pèserait chaque partie de ton corps et en tenait compte. Mama a bordé le drap et t'a souri.

— Maintenant tu n'as plus rien à faire d'autre que rester étendu là et t'arrêter de saigner. Tu ferais ça pour ta Mama ?

Au pied du lit tu as entendu Papa murmurer quelque chose à l'infirmière au sujet de l'assurance. L'infirmière a dit, hésitante, qu'elle n'avait pas grand-chose à voir avec les finances de l'hôpital. Mais elle était sûre qu'en temps voulu ça pourrait s'arranger.

Un médecin a projeté dans ta bouche le faisceau d'une lampe, tout en te parlant tranquillement de choses que tu entendais mal, il était question d'un enfant de ton âge, chez lui, et l'enfant avait une voiture de pompiers et une poupée-soldat. Une infirmière est entrée, elle poussait un chariot qui grinçait, et dessus oscillait un sac de sang. Elle a frotté le dos de ta main avec de l'alcool. Le docteur a touché du bout du doigt les veines bleues. Il a noué un tuyau élastique autour de ton poignet. L'infirmière a dit :

— Ce petit garçon, comme il est raisonnable. La plupart des petits garçons n'aiment pas qu'on leur fasse ça.

Le docteur a répliqué que les grands gars comme toi n'avaient pas peur d'une aiguille aussi minuscule. Quand l'infirmière a déchiré l'enveloppe stérile de l'aiguille, Mama a dit :

— Ne bouge pas. Ça va piquer un peu.

Tu as examiné la flèche d'acier qui est entrée dans ta veine, glissant à l'intérieur, raide et froide. Venant du sac suspendu, le sang rouge a pénétré dans ton bras.

Après, tu as dormi. Mais toute la nuit, à travers ton sommeil, tu as entendu Papa qui parlait à Mama d'une vois étouffée et tu ne comprenais pas. Parfois les réponses de Mama étaient claires.

— Tu dois travailler, Bobjay. Les enfants et moi on le sait. Rien ne t'oblige à rester. Je suis désolée que tu ne dormes pas. Tu aurais dû penser à ça avant de décider que c'était la nuit rêvée pour une bagarre. Ce petit Noir ne va pas ennuyer Danny et non plus sa Mama. C'est un drôle de mensonge que tu as choisi de dire à Mrs Rejenkins quand n'importe quel idiot saurait qu'une telle chute ça vous fendrait le crâne mais que le pare-brise résisterait.

Chaque fois que tu te réveillais, Mama te caressait le front pour t'aider à être sage pendant que les infirmières changeaient les flacons de sang. Une fois tu as vu Mama conduire Papa jusqu'à la porte. Papa disait :

— Il y a cette odeur de sang qui me suit partout où je vais. Même à la cafétéria.

— Il faut que tu ailles travailler. C'est tout ce que je veux entendre. Me parle plus de cette odeur, ou bien je vais moi-même la sentir toute la journée.

Tu te réveillais et te rendormais et te réveillais. Tu buvais du bouillon avec une paille. L'infirmière a fixé ta main sur une planche à l'aide de sparadrap pour que l'aiguille reste immobile et tu as regardé le sang couler dans le tube jusqu'à ton bras et tu l'as senti couler de ta langue sur les serviettes. Quand les serviettes étaient pleines de sang l'infirmière les changeait ou bien Mama les changeait si l'infirmière avait à faire ailleurs. Une fois, en ouvrant les yeux, tu as vu Mama et l'infirmière tenant une serviette dans la lumière. Au centre c'était tout rouge. L'infirmière a dit simplement :

— On ne doit pas juger d'après la couleur. Quand le sang s'imprègne ça s'étend. Un peu de sang fait une grosse tache.

Parfois la nuit le petit Noir pleurait et sa Mama n'était pas toujours là pour le réconforter. Alors ta Mama s'approchait de lui et l'apaisait. Elle disait :

— Tout va bien, mon petit. Ta maman t'aime et elle viendra demain, elle l'a dit, n'est-ce pas ? Tout va bien. On est avec toi, personne ne va te faire de mal tant qu'on est là, et qu'il y a ces médecins pour te soigner.

L'enfant respirait fort et lentement et finissait par se calmer. Mama reprenait sa place près de ton lit et contemplait le sang qui coulait.

Papa venait, partait, revenait. Il se tenait près du lit et te parlait gentiment. Il te racontait des histoires en espérant que ça t'intéresserait, comment il avait rampé sous la maison d'une bonne femme pour réparer une fuite de gaz et à mi-chemin avait vu un serpent à sonnettes qui muait, blotti dans l'angle des fondations. Papa lui avait écrasé la tête contre un bloc de parpaing. Ou bien il te parlait de cette aventure un samedi soir, à la base de la marine, lorsqu'en compagnie de Ernest T (qui fumait des cigares White Owl) il était entré dans un bar où des Japonaises servaient à boire, tandis que des Noires dansaient sur trois petites scènes, en costumes couverts de paillettes et de broderies. Papa a dit qu'un Marine avec une cicatrice bleue au-dessus d'un œil a cherché la bagarre, l'a appelé saloperie de manchot et lui a dit d'aller se faire foutre et assez loin pour qu'on ne le voie plus. Papa a invité l'homme a le mettre lui-même dehors et ils sont tous les deux sortis dans une allée. Le Marine, avec son couteau à cran d'arrêt a entaillé la joue de Papa, et Papa a cassé une bouteille de vin sur la tête du Marine et quand l'homme a tourné de l'œil Papa lui a aplati les couilles avec cette même godasse qui avait écrasé la tête du serpent à sonnettes.

Papa aimait raconter ce genre d'histoires et tu souriais là où il fallait. Mais quand il parlait, il te semblait très loin, et après un certain temps, même les infirmières et les médecins t'ont semblé très loin et aussi les pleurs du petit Noir, et aussi Mama. Tu ne voulais que fixer vaguement des yeux le mur blanc, devant toi, ne voyant que sa blancheur, n'entendant rien, ne pensant à rien, uniquement conscient du calme dans ton corps, dans chaque partie de ton corps à l'exception de la veine déchirée d'où le sang suintait. Tu n'aurais pas pu l'exprimer avec des mots mais tu comprenais que ton sang avait toujours voulu se libérer, qu'il voulait t'abandonner, vide et aplati, dans ce lit. Personne d'autre ne le savait. Ces gens examinaient ta bouche humide et poisseuse comme s'ils n'avaient jamais entendu parler de ce liquide qui en sortait. Mama comprenait, elle. Quelque chose dans son regard te disait qu'elle savait que tu allais peut-être la quitter. Mais elle ne pleurait pas, jamais, et toi non plus.

La veine de ta main se refermait. Le médecin déplaçait l'aiguille. Tu observais la plongée rapide de l'acier incurvé à l'intérieur du serpent bleu pâle, sous ta peau. Quand l'infirmière s'éloignait tu palpais la petite boursouflure de chair soulevée par l'aiguille. Mama jour après jour restait près de toi. Papa lui ramenait du linge propre, lui rapportait ce que faisaient Amy, Allen et Duck à la maison avec Delia, la sœur de Mama qui s'occupait d'eux. Tante Delia t'envoyait des BD et un avion en fer blanc dont le moteur crachait des étincelles et crépitait quand les roues du train d'atterrissage tournaient. Mama n'aimait pas le bruit qu'il faisait. Tu l'as posé sur la table près du lit. Mama répétait qu'à l'hôpital il faut le calme et le silence.

Tu dormais, tu te réveillais. Mama se penchait vers toi, t'entrouvrait les lèvres avec une vilaine grimace. Derrière, le médecin qui avait enfoncé la première aiguille dans ta veine parlait à d'autres médecins plus vieux. Papa se tenait près de la fenêtre, fumant une cigarette. Mama lui confiait quelque chose à l'oreille, en touchant son bout de bras mutilé.

Tu rêvais de rivières sombres bordées d'arbres moussus, de

sous-bois épais grouillant de petits animaux : singes à la fourrure orange et aux queues gracieusement recourbées, perroquets aux ailes déployées en arc-en-ciel, biches aux langues de velours, aux yeux comme des pétales. Tu nageais dans la rivière, rejetant l'eau en arrière avec tes mains et vers le haut avec tes pieds. Tu plongeais sous l'eau pour observer la lente progression des poissons ou bien tu suivais la rive dans l'obscurité sous les voûtes d'herbes aquatiques que hantaient les mocassins.

Ou encore tu rêvais de nuages. Tu rêvais que tu n'étais plus un enfant mais quelque chose d'autre, quelque chose qui n'avait pas de nom, que tu te contentais d'imaginer : un être aérien, à la légère ossature couleur d'ivoire, effleurant les nuages de ses larges ailes aux plumes blanches, éclatantes dans le ciel transparent. Un rêve confus, un rêve presque sans forme et sans histoire, qui n'était que rythme, le battement de tes ailes dans l'air solide. Ton ombre caressait les nuages. Parfois tu volais seul, engloutissant le vent à pleines gorgées, ramant de tes ailes dans tout ce ciel autour de toi. Mais parfois il y en avait d'autres, beaucoup d'autres, jusqu'à des milliers, dessus et dessous, derrière et devant, à droite et à gauche, au long des pentes et des replis de brume, ailes battantes, pulsation sans fin.

Un jour, au travers du rêve, tu as entendu la voix de Papa, et puis Mama qui lui répondait.

— Je vous ai déjà trouvé une autre maison. Tu peux cesser de bouder comme si j'avais tout cassé.

— Je ne boude pas. J'ai bien autre chose en tête.

— Ça devait lui arriver. Sans compter que cet été faut voir comment il t'aurait traitée.

— Ne joue pas au héros. C'est ta faute. Je veux pas savoir pourquoi. Tout ce que je dirai, c'est que tu as bien choisi ton moment pour aller en prison, quand ton fils est à l'hôpital.

— Ce gros dégueulasse, ça devait lui arriver, sa maison et sa putain de ferme il peut se les mettre dans le cul.

— Tu as de la chance qu'il ait pas porté plainte.

Papa a changé de ton.

— Delia voudrait passer une nuit ici avec toi.

— Et pendant ce temps avec qui iras-tu te battre ?

— Eh bien puisque tu tiens à faire ta maligne, Miss Pimbêche, je commencerai peut-être par ton bon ami le docteur, celui à qui tu parles comme s'il était Jésus.

— Pour moi c'est qu'un médecin, et si tu ne le sais pas, je regrette.

— Admettons qu'il veut rien de spécial mais c'est sûr que tu rougis quand je t'en parle.

— Ces remarques, je m'y attendais. T'arrêteras jamais. Ça te suffit pas de me laisser ici toute la journée à regarder saigner ce petit, trop faible pour prononcer un seul mot, faut encore que tu me racontes des histoires sur l'unique personne qui de tout le jour m'adresse la parole.

Tu écoutais, tu entendais, tu savais que les mots pour eux voulaient dire quelque chose mais pour toi les mots ne voulaient rien dire. Rien ne t'atteignait, tu étais dans ton rêve, devenu l'autre, planant toutes ailes déployées au-dessus des continents de purs nuages blancs, sans la moindre tache rouge. Tu les écoutais parler comme s'ils étaient un rêve et le rêve de l'autre c'était ça la réalité, le pays des lacs rouges que tu survolais, les lacs bordés d'arbres argentés, des cohortes de sveltes dames et de gentlemen longeant les rives, remplissant l'air d'un doux murmure de voix. Le rêve se transformait, les images se métamorphosaient en de nouvelles images que tu ne réussissais pas à retenir.

Tu te souviens d'un long voyage en voiture et d'un autre hôpital, aux murs vert sombre, dans une ville dont tu n'oublieras jamais le nom : Mars Hill. Là, les médecins te parlaient, et il te semblait que leur sourire entrait en toi. Ils t'appelaient par ton prénom. Comment vas-tu ce matin, Danny ? Cette langue, elle saigne encore, Danny ? T'en fais pas, petit gars, on va arrêter ça. Aucune raison de t'en faire.

Tu leur rendais leur sourire. bouche poisseuse. A voir leurs visages, et aussi celui de Mama, tu avais envie de rire. Ce qu'ils disaient n'avait pas le moindre effet. Le sang coulait toujours, et tu étais sûr que même ici, même dans ce nouvel hôpital, rien ne changerait. Toute la journée le sang coulait sur ton menton et tu avais l'impression qu'il disparaissait dans l'air, en fumée.

Tu dormais, tu te réveillais, et puis tu ne t'es plus réveillé, tu dérivais dans la grisaille. Parfois tu distinguais le contour des personnages, ça te suffisait, et leur présence était aussi légère que l'effleurement d'une patte d'insecte. Le mur, derrière la tête de papa, derrière l'épaule de Mama, tu le fixais du regard et toi tu voyais ce qu'ils ne voyaient pas : une rivière, une porte, un long escalier ; tu suivais quelqu'un, tu suivais la musique, tu suivais le dos nu d'un homme et tu te disais que tu reconnaîtrais son visage si tu réussissais à le rattraper et l'obligeais à se retourner. Tu courais après lui parce que tu voulais qu'il te donne quelque chose, tu ne savais pas ce que ça serait.

Mama disait :

— Danny, si tu bois un peu de Coca-Cola tu auras un bien meilleur goût dans la bouche.

Papa disait :

— Quand tu iras mieux je t'achèterai une petite guitare.

Mama disait :

— Ne sois pas un petit garçon trop sage. Dis-moi quelque chose.

Papa disait :

— Il s'en fiche. Il va juste rester couché là.

Mama disait :

— Baisse les stores et il pourra dormir.

Papa disait :

— On croirait bien que... si on peut rien faire... ça va coûter beaucoup d'argent pour qu'il reste juste couché là.

Mama disait :

— C'est pas sa faute.

— Tu l'as déjà dit. T'arrête pas de le dire. C'est son sang. Son foutu sang.

— Parle pas comme ça devant lui, tu ne sais pas ce qu'il en pense.

— Mais cette chambre et tout ce qu'on lui fait ici, faudra

bien que quelqu'un paie, et j'ai comme l'impression que ça va être moi.

— C'est un enfant, ce que ça coûte, il n'y peut rien.

— Bon. En tout cas, on va plus courir de risques. Depuis Danny on a eu de la chance, on a deux bons garçons. On n'aura plus de mômes.

Il y a eu de l'irritation dans la voix de Mama.

— Tu crois qu'on va s'arrêter là juste parce que tu le décides ?

— Un de ces médecins qui courent après toi nous dira ce qu'on doit faire. Y a des pilules à prendre pour pas avoir d'enfants.

— Ça va s'il n'y en a pas un en chantier a murmuré Mama. Mais si c'est déjà trop tard ?

Juste devant leurs yeux, le dos de l'homme a reculé, l'homme était si proche à présent qu'il aurait pu toucher du doigt le regard haineux de Papa quand Papa a compris ce que Mama disait. Papa et Mama se voyaient et voyaient la blessure de ta bouche, rien d'autre. Tu as su que tu aurais pu suivre l'homme pour toujours, et finir par le rattraper mais ce qui t'arrêtait c'était l'ombre que tu découvrais dans le regard de Mama.

Des années plus tard, Mama t'a parlé de cette nuit où Papa est revenu à l'hôpital après avoir appris qu'il allait à nouveau être père. Le sang coulait plus lentement. Les médecins espéraient que bientôt un caillot se formerait. Papa a roulé jusqu'à Mars Hill et tout le long du chemin il pestait contre le bébé et lampait de la bière. A l'hôpital, il a dit à Mama ce qu'il pensait d'elle depuis sa dernière visite, l'a insultée devant les infirmières. Quand il s'est mis à hurler pour de bon, une d'elles a couru à la recherche d'un médecin, ou d'un garçon de salle. Mais avant qu'arrive de l'aide il a menacé Mama avec un couteau de cuisine qu'il avait fourré dans sa poche en quittant la maison. Mama s'est enfermée dans les Toilettes. Papa martelait la porte avec le bout de bras qui lui reste et ce qu'il braillait, non ça n'était pas qu'il voulait la tuer mais seulement qu'il fallait qu'elle sorte de là et s'occupe de lui, le regarde, qu'elle le voie enfin.

Les médecins ont dit à Mama que si elle portait plainte on le mettrait en prison. Elle a dit non, pas la prison. Si Papa était en prison, qui nourrirait la famille ?

Toi, pendant ce temps, tu dormais. Ton sommeil paraissait si profond que Mama avait très peur. Elle est restée toute la nuit près de ton lit, à surveiller ta respiration.

Le matin, à ton réveil, tu les as vus devant la fenêtre, tous les deux. Face à face. Papa croisait maladroitement son bras valide et son moignon. Derrière lui passaient des nuages, loin au-dessus du monde. Le rêve de l'autre c'était fini. Ton menton était sec. Tu sentais sur ta langue une masse caoutchouteuse et tu savais ce que c'était.

Mama disait :

— Comme si je ne t'avais pas vu avec ce truc dans la main. Et toi qui voulais l'enfoncer juste là où y a un de tes enfants.

— Tu aurais dû attendre un meilleur moment pour m'annoncer ça. C'était trop. J'ai perdu la tête.

— Voilà déjà deux mois que j'attends pour t'en parler, j'avais peur de ce que tu allais faire.

D'une voix bizarrement déformée par le caillot tu as dit alors, doucement :

— Mama...

Ils se sont tournés vers toi et tous deux ont souri. Mama a repoussé le bras de Papa et s'est vite approchée. Elle a dit :

— Tu vois. Je savais bien que ça s'arrangerait.

A son tour Papa est venu près de ton lit et il a appuyé sa grosse main sur ton ventre.

Une semaine plus tard, le caillot avait disparu et tu mangeais des bouillies et les médecins t'ont laissé partir. Mama a mis tes vêtements dans un cabas en disant que Papa allait te ramener à la maison dans l'auto de tante Delia. Pas la maison d'avant, une nouvelle maison. Elle t'annonçait le changement comme une surprise et toi tu n'as jamais très bien su pourquoi ça n'en était pas une. Elle t'a tout raconté dans la voiture pendant que vous attendiez Papa qui signait la facture de l'hôpital. Papa s'était battu avec Mr Rejenkins et lui avait abîmé la mâchoire. Il avait passé une nuit en prison. Le lendemain, Mr Rejenkins expulsait toute la famille. La nouvelle maison était plus agréable, disait Mama, plus proche de la ville et entourée d'une cour bien tenue. Et ça n'était pas tout. Dans quelque temps, disait Mama, tu aurais un petit frère ou une petite sœur, ce serait amusant, non ?

La nouvelle maison, vous y avez habité quatre ans. Vous l'appeliez le Phare parce que de loin elle avait l'air d'un phare qui s'élevait au-dessus d'un océan de verdure. La partie principale était haute et étroite comme une tour. Il y avait trois étages. En dépit de ce qu'elle t'avait dit dans l'auto. Mama n'aimait pas cette maison. Elle se plaignait de tous ces escaliers, elle grimpait comme une chèvre du matin au soir. Elle prétendait que ces marches innombrables étaient responsables de la naissance prématurée du petit Grove qu'on avait gardé trois semaines en couveuse, à l'hôpital, jusqu'à ce qu'il soit assez fort pour rentrer à la maison. Papa grommelait sans cesse à cause de l'argent dépensé, comme si Grove avait lui-même choisi de s'installer dans un hôtel de luxe. Mama restait au lit, contemplant le plafond sans rien dire. Elle avait posé l'acte de naissance de Grove sur la commode de façon à ne jamais le perdre de vue.

Puis elle est allée chercher Grove et il gardait toute la journée les yeux fermés et il avait l'air d'une poupée aux cheveux sombres. Bientôt on a su qu'il était hémophile, lui aussi. Un jour une lame de rasoir est tombée de sur le buffet dans son parc en égratignant son bras tendre. Le sang a suinté pendant des heures, tu n'aurais jamais cru qu'un si petit corps en contenait autant. Mama et Papa l'ont emmené à l'hôpital de Mars Hill. Et il a encore saigné pendant des semaines.

Mama disait qu'il avait bien failli mourir. Quelques mois plus tard il aurait pu mourir d'une ecchymose au côté due à une chute hors de son berceau. Il y avait du sang dans ses couches et la partie meurtrie a enflé et durci comme un melon. Plus tard encore, il aurait pu mourir lorsque sans raison, sans qu'il ait fait la moindre chute, son genou a enflé jusqu'à doubler de volume, l'obligeant à garder la jambe repliée.

Chaque fois Mama et Papa l'emmenaient à Mars Hill et la ronde des médecins recommençait, la ronde des aiguilles et des sacs de plasma.

A la maison, Mama arpentait les pièces, aussi apathique qu'une vache qui rumine, veillant sur Grove endormi, le touchant avec précautions, sans plus s'intéresser à ses autres enfants mais contemplant la route, au-delà des vitres.

Presque chaque soir, Papa rentrait ivre. Il s'asseyait près de la fenêtre, celle que Mama choisissait, dans la journée, pour regarder dehors. Il avait récupéré une télévision d'occasion et il se tenait devant les images bleuâtres qui défilaient sur l'écran jusqu'à ce que le sommeil le prenne. Après la naissance de Grove, longtemps Papa est resté calme quand il buvait. Lorsque Mama lui parlait, il répondait d'une voix sans timbre, sans montrer la moindre émotion. Si on ne s'adressait pas à lui il gardait le silence.

Un soir il a rapporté une bouteille à la maison et il a défié Mama de boire avec lui.

Mama passait de la bouteille à Grove et de Grove à la bouteille. C'était l'été, il faisait très chaud. Elle avait grimpé tant de marches que la sueur coulait sur son visage. Elle craignait que Papa se fâche si elle refusait de boire. Il y avait sur l'étiquette de la bouteille un corbeau noir et grimaçant, perché sur une table de cuisine, l'ampoule nue d'une lampe pendant au-dessus de lui au bout d'un fil. Mama a contemplé longuement la bouteille, et toi tu l'observais. Elle a fini par verser de l'alcool dans un verre.

Ce soir-là a éclaté entre tes parents la première vraie bagarre depuis la soirée dans la Maison du Sang, et c'était comme une tempête qui traversait la maison. Ça t'a semblé plus horrible que jamais car Papa n'avait pas hurlé comme ça depuis longtemps et Mama était ivre elle aussi et soudain elle lui ressemblait.

Le lendemain matin, tous deux paraissaient plus consternés qu'ils ne l'avaient jamais été. Pour la première fois ils étaient conscients de cette profonde amertume qui les séparait. Mama vous a pris tous dans ses bras et s'est excusée exactement comme elle l'aurait fait avec des adultes. Elle jurait qu'elle ne boirait plus jamais d'alcool. De vous tous, seulement Amy Kay et toi aviez compris les raisons de son trouble, et échangé des coups d'œil, en l'écoutant.

Papa n'a jamais dit qu'il regrettait. Mais il a cessé de boire et ça a été une longue période de paix. Le soir, Papa garait son camion sous l'ombre fraîche des sycomores et il en descendait, souriant. Mama l'accueillait sur le seuil de la porte et lui parlait tendrement pendant qu'il ôtait ses chaussures. Elle lui lavait les pieds pour les rafraîchir, puis le prenait par la main et le conduisait à la table du dîner. Ensemble ils s'occupaient de Grove et le voyaient devenir fort et potelé, malgré sa maladie et sa force était entre eux comme un signe de connivence. Longtemps, Grove n'a pas du tout saigné. Et toi non plus.

Tu es allé en classe. Le matin tu attendais à côté de la boîte aux lettres que l'autobus orange du ramassage scolaire t'emmène à Potter's Lake, et là, assis dans la vieille salle de classe, tu regardais à l'angle des murs les toiles d'araignées agitées par le courant d'air. Les maîtres t'enseignaient les nombres et l'alphabet. Tu apprenais par cœur ce qu'on te disait d'apprendre par cœur.

Duck a percé ses dents et étrenné sa première paire de chaussures. Quand il a pu marcher, Allen l'a emmené partout, lui montrant des choses, les mares, les pissenlits, et comment écraser les guêpes d'un coup de talon sans se faire piquer. Grove, qui maintenant avait un an, en était aux gloussements et piaillements. Papa prétendait qu'il chantait. Papa aimait tenir Grove sur ses genoux, le soir. Mama les contemplait, souriait, et son visage détendu la faisait paraître très jeune. Elle disait que Grove allait probablement se mettre à parler très tôt et comme vous autres il n'arrêterait plus. Elle disait que les mauvaises gens pouvaient toujours penser ce qu'ils voulaient de Papa et d'elle, c'était évident que tous deux avaient cinq enfants superbes, et elle avait bien l'intention de vous envoyer tous un jour à l'Université et de faire de vous des médecins ou des avocats qui auraient de grandes et belles maisons.

Dans tes piles de lettres et de papiers il reste de ce temps-là une photo d'Amy Kay avec sur son petit visage rose pâle bien débarbouillé un sourire si fragile qu'il semble prêt à se dissoudre comme le givre touché par une bouffée d'air chaud. Elle a l'air d'attendre quelque chose. Même au bout d'une année passée dans cette maison, quand vous auriez pu espérer un autre été aussi paisible, vous étiez encore aux aguets, redoutant le moindre changement.

Cela faisait des mois que Papa n'avait pas été ivre. Amy Kay lui avait pardonné et s'asseyait le soir sur ses genoux, lui parlant de ses camarades d'école. Duck ne se souvenait pas de la vie dans les autres maisons et c'était naturel qu'il trouve bien agréable d'avoir un Papa qui le poussait sur la balançoire accrochée à la branche du sycomore. Grove ne pouvait pas savoir ce qui était arrivé avant sa naissance, il riait, blotti contre Papa et lui mettait ses petits doigts dans les yeux. Mais Allen et toi, les deux du milieu, étiez mal à l'aise quand Papa vous touchait, tout raides, sans aucune envie de rire. Parce qu'un jour Papa allait encore changer. Même Amy le disait, ajoutant que ça n'aurait servi à rien de se faire du souci tant que Papa était aussi gentil.

Ce qui a mis fin à cette période de calme, tu l'as su bien des années plus tard, lorsque Mama t'a raconté la visite qu'elle a eue un jour, alors que vous habitiez au Phare. Quand elle le voulait, Mama racontait très bien, toute entière à son récit, et en l'écoutant cette fois-là ce qu'on voyait sur son visage était le reflet de ce qu'elle avait ressenti il y avait longtemps, lorsqu'un photographe s'était arrêté devant le Phare et lui avait demandé la permission de la prendre en photo, une demi-heure avant le retour de Papa.

Le photographe conduisait une voiture de sport décapotable et la toile de la capote avait des pièces blanches. Mama a trouvé que les pièces faisaient un curieux effet. Quand l'homme est descendu de l'auto elle a vu d'autres pièces aux coudes de sa veste. Des pièces noires de forme ovale, placées là comme des ornements, disait Mama, pas pour boucher des trous. Elle a pensé que c'était vraiment bizarre de rapiécer un vêtement afin de le rendre plus joli. Le photographe a sorti son matériel et Mama s'est reculée vivement, elle avait cru voir une arme. Le photographe a observé de loin la maison, en soupesant l'appareil. D'une chiquenaude il s'est débarrassé de l'allumette qu'il tenait entre ses doigts. Lorsque Mama a vu qu'il examinait la maison avec tant d'insistance elle a encore reculé, rapprochant d'une main le bord des rideaux.

Tranquillement, le photographe a traversé la route comme s'il s'agissait du sol de sa cuisine, caressant des deux mains l'appareil. Il a d'abord pris des photos de la maison et des arbres ; de temps à autre il mettait un genou à terre, ou tournait l'appareil de côté, ou faisait les deux à la fois. Elle ne pensait pas qu'il allait venir jusqu'à la maison mais soudain il s'est redressé, d'un air un peu embarrassé, cherchant l'entrée. Quand il est arrivé sous le porche elle a été prise d'une légère panique. Elle était seule avec trois des enfants, Allen, Duck et Grove, qui faisaient la sieste à l'étage. Amy et toi vous étiez en classe. Le cœur battant elle a couru jusqu'à la porte, écoutant le bruit des pas, légers et vifs, rien de comparable avec la démarche de papa, lourde et mesurée. Elle ne savait pas pourquoi l'arrivée de ce visiteur était un tel événement, elle avait simplement le souvenir du bruit insolite de l'auto qui s'était arrêtée près de la boîte aux lettres et de l'appareil photo noir et des pièces posées au coude pour un effet décoratif.

Elle a attendu que l'homme frappe une seconde fois avant d'ouvrir. Il a fredonné impatiemment de l'autre côté de la porte et quand elle a ouvert la porte il s'est tu, comme surpris de trouver quelqu'un à la maison. Il a eu un moment d'hésitation — juste assez pour qu'elle sente là quelque chose d'artificiel — et puis il a souri.

— Bonjour. J'ai pris des photos de votre maison et j'ai eu

envie de voir s'il y avait quelqu'un. C'est une construction très intéressante.

— On est seulement locataires, a dit Mama.

Il souriait toujours, en l'examinant. Ça l'a un peu gênée. Elle s'est demandée s'il la trouvait jolie. Il a eu un grand geste du bras et elle a vu à nouveau les pièces au coude, des pièces d'un tissu semblable à du velours.

— Une maison reste la même qu'on la possède ou qu'on la loue. Moi aussi, je suis locataire.

Il est passé devant elle pour entrer dans la salle de séjour.

— Je peux ? Excusez-moi, je n'ai pas de temps à perdre. Mon nom est Frank DeCapra. Je prends des photos de maisons comme la vôtre.

Lentement, elle a refermé la porte, de l'autre main déplissant sa jupe. Observant l'homme à la dérobée tandis qu'il expliquait ce qui l'amenait. Il travaillait à un projet pour le Centre de Recherches Sociologiques de l'Université. Il n'a pas spécifié de quelle université, sans doute pensait-il que même une femme comme elle devait savoir ça. Il prenait des photos de la population rurale — et aussi de l'habitat rural, a-t-il précisé en lui jetant un coup d'œil de côté, comme si elle venait juste de tenter de le prendre en flagrant délit de mensonge et qu'il esquivait l'attaque. D'un hochement de tête elle a acquiescé poliment à tout ce qu'il a dit et quand il s'est tu elle a encore incliné la tête pour montrer qu'elle avait suivi le fil de son discours. Il avait à peine l'air de la voir, trop occupé à faire l'inventaire de la pièce et de son contenu, meubles, rideaux de plastique aux fenêtres. Elle s'est demandée comment était sa maison à lui, si elle était mieux que celle-ci.

Il a tapoté du doigt l'appareil. Mama s'est approchée de la vitre.

— C'est à vous, cette petite voiture ? Vous ne craignez pas de circuler dans quelque chose d'aussi minuscule ?

— Ça ne consomme pas beaucoup, a dit le photographe s'emparant d'un cendrier de verre sur le bras du canapé, l'élevant à la lumière et le remettant en place. Ce qui importe n'est pas la voiture mais la façon dont on conduit.

— Un bon grand vent vous balaierait hors de la route.

— Une auto c'est beaucoup trop lourd pour que le vent l'emporte. Mais j'ai du mal à trouver des pièces de rechange parce qu'elle vient de l'étranger.

Mama hochait amicalement la tête. Et puis elle a vu l'heure à la pendule de la cuisine.

— Mon mari va bientôt rentrer. Il n'aime pas que j'ouvre la porte à des inconnus. Je vous demanderai donc de prendre vos photos aussi vite que possible.

DeCapra a fait du regard le tour de la pièce, examinant les murs.

— Quel âge a cette maison ?

— Quarante ou cinquante ans. C'est un immigrant qui l'a construite, m'a dit la dame. Elle et son mari la lui ont achetée juste avant sa mort. Pour presque rien. Il disait qu'il ne voulait pas que l'Etat en hérite. Lui n'avait pas de famille dans ce pays. Je ne me souviens pas d'où il venait.

Mama est allée jusqu'à la cuisine :

— J'oublie toujours ce genre de choses.

Il a levé l'appareil photo jusqu'à son œil. Elle s'est trouvée confrontée à un cercle de verre noir et s'est détournée.

— Arrêtez de me viser avec ça.

Il a ri :

— Ça ne va pas vous voler votre âme.

Elle a dit :

— Aujourd'hui j'ai si triste mine...

— Pas du tout. La preuve en est que j'aimerais une photo de vous devant la maison. C'est pour cela que je suis venu frapper à votre porte.

— Oh, je ne peux pas vous laisser faire ça.

— J'espère que vous n'avez pas peur d'un appareil photo. Tenez. Prenez-le.

— Je risque de le casser.

— Alors regardez-le. Vous voyez, ça n'est pas méchant. C'est seulement une boîte qui rassemble la lumière.

— Je n'en ai pas peur.

Elle s'est tournée vers la fenêtre et a froncé les sourcils. Papa serait bientôt de retour. Elle ne voulait pas que Papa voie cet homme — plus précisément elle ne voulait pas que Papa voie un homme comme celui-ci, jeune, les deux bras intacts, conduisant ce genre de voiture, avec ce genre de vêtements et dans le regard cette arrogance. Mais elle n'en parlait pas moins légèrement, consciente qu'elle s'efforçait de paraître un peu stupide.

— Je ne vois vraiment pas pourquoi vous voulez me prendre en photo. Je ne suis pas jolie. Toutes les photos que j'ai vues étaient des photos de jolies femmes. Des stars de cinéma par exemple.

— Si je ne vous trouvais pas jolie je n'aurais pas envie de prendre votre photo. Et d'ailleurs ce n'est pas forcément des jolies femmes qu'on voit sur les photos.

— Non ? Mais vous voulez prendre ma photo parce que je suis jolie ?

Cette fois elle riait pour de bon :

— Qu'est-ce qui est vrai, de l'un ou l'autre ?

Le photographe a rougi. Elle a aimé ça, son visage paraissait plus doux. Mais il était trop obstiné pour se moquer de lui-même. Il a dit :

— Les deux sont vrais. En fait, de nos jours, on regarde des photos de gens qui sont beaux et de gens qui sont moches. Peu importe.

Il a manœuvré un petit cadran sur son appareil.

— Vous n'auriez pas une robe d'un ton plus vif, pour la photo ? Ce sera en couleur.

— Vous n'écoutez rien quand on vous parle, a protesté Mama souriant à son évier. Je n'ai jamais dit que je vous laisserais prendre ma photo.

— Hey, ça n'est pas gentil. La lumière est juste ce qu'il faut sous ces arbres. Une maison comme celle-ci, je n'en trouverai pas dans les parages.

— Ce sera une photo de moi. Donc j'ai le droit de dire non si ça me chante.

— Mais ça ne fera de mal à personne.

— J'ai les cheveux dans un tel état. Je ne les ai même pas lavés.

— Vos cheveux sont très bien. Typiquement les cheveux d'une fille de la campagne.

Les mots fille de la campagne, ça a fait sourire Mama, comme si ça résumait vraiment tout ce qu'elle était.

— Et ils sont comment, les cheveux d'une fille de la campagne ?

Il a dit :

— Légers et flous, et un peu trop ébouriffés pour pendre simplement sur les épaules comme les cheveux des femmes des villes. Si vous pouviez les voir, traversés par le soleil...

— On dirait plutôt que vous parlez de plumes de poulet, a dit Mama.

— Allons. Ne soyez pas si entêtée.

— J'ai déjà dit non une fois. Le dire une deuxième fois, ce n'est pas de l'entêtement.

— Eh bien je reste là. Jusqu'à l'arrivée de votre mari. Et il sera jaloux.

Elle l'a regardé bouche bée. Il a vu sa stupeur et il a ri.

— Je savais que ça ferait de l'effet. Et je dis vrai, je le jure. Mais si vous me laissez prendre votre photo j'en ai pour quelques secondes. Quand vous aurez changé de robe.

Elle a contemplé la pendule. Dans vingt minutes elle serait à l'écoute du bruit du camion de papa. DeCapra continuait son discours, les jolies femmes étaient sottes de refuser de faire profiter les autres de leur beauté, mais toutes aimaient qu'on les prie avant d'accepter qu'on les photographie, il appelait ça de l'égoïsme, et elle a de nouveau souri, poliment, et d'entendre dire qu'elle était jolie, ça lui serrait la gorge, de sorte qu'elle n'arrivait pas à décider si elle allait céder à la demande du photographe ou si Bobjay ne risquait pas d'arriver trop tôt, ou si quelqu'un pouvait vraiment la trouver jolie. Elle s'efforçait de se voir dans la vitre de la fenêtre et dans le chrome autour des brûleurs du fourneau. DeCapra a dit :

— Mettez simplement une robe d'un ton plus vif. En avez-vous une jaune ? Ou orange, peut-être ?

Elle a détourné les yeux.

— Il faut que je prépare le repas. Il y a un poulet qui dégèle dans le réfrigérateur.

— Ça ne prendra pas dix minutes, a dit DeCapra. Un poulet ne s'abîme pas en dix minutes. Et la photo sera superbe, en couleur, vous devant la maison, en bas de cette tour. On dirait un phare. Vous savez ce que c'est, un phare?

Mama a ri :

— Mr. DeCapra, même mes enfants savent ce que c'est qu'un phare.

Elle est passée devant lui. Il tripotait son appareil. Et soudain elle a demandé :

— Une robe rouge, ça irait?

Il a souri, il a dit que ce serait très bien.

Mama avait une robe rouge. Tu l'avais vue la porter à l'hôpital, et tu lui disais alors que c'était la robe que tu préférais parce que dedans elle était toute étincelante. De chaque côté la robe était ornée de trois boutons rouges. La jupe recouvrait discrètement les genoux. Elle est allée mettre la robe, qu'elle a passée sur un chemisier blanc. Elle a remonté la fermeture éclair aussi haut qu'elle a pu dans le dos, et libéré ses cheveux. Au fond de son sac, elle avait du rouge à lèvres. En maniant le tube, elle s'est demandée si ce ne serait pas exagéré. Elle a un peu rougi sa bouche. Pas assez pour pouvoir juger de l'effet produit, même en se regardant de très près dans la glace. Elle a mis une deuxième couche de rouge et a serré les lèvres. Ça donnait à son visage une sorte de plénitude. Elle a lissé ses cheveux à coups de brosse énergiques. Quand elle vous a raconté toute l'histoire, elle a dit que c'est en descendant de sa chambre au second étage, là où dormaient Allen, Duck et Grove qu'elle a commencé à se sentir mal à l'aise. Allen s'est réveillé et l'a appelée.

Il s'est protégé les yeux avec son bras.

— J'ai entendu parler quelqu'un. Pourquoi que t'es en dimanche?

Mama s'est assise près de lui.

— Un photographe veut me prendre en photo. Il a dit qu'il s'était arrêté parce qu'il voulait photographier la maison, mais maintenant il dit qu'il aimerait avoir quelqu'un devant.

— Cette maison, elle est bizarre, a dit Allen.

— Il a un gros appareil noir.

— Je peux le voir ?

— Non, tu dois dormir, comme Mama t'a dit. De toute façon tu pourrais pas jouer avec l'appareil, il coûte trop cher. Je ne peux même pas le porter moi-même tant il est lourd.

— Puisqu'il aime la maison, on va encore déménager ?

Mama s'est penchée pour l'embrasser.

— Non, il veut simplement prendre une photo, mais pas venir vivre ici.

Elle s'est levée, elle tirait sur sa jupe.

— Tu aimes la robe de Mama ?

Allen tout ensommeillé a murmuré :

— Elle est belle. T'as l'air d'une voiture de pompiers.

— Ça n'est pas vraiment ce qu'on dit à une dame.

Il a pouffé de rire, comme s'il avait fait exprès de choisir cette comparaison. Mama est descendue au rez-de-chaussée, se sentant mieux. Par la porte ouverte elle a vu le photographe sous le porche. Dès qu'elle l'a eu rejoint, il a dit :

— Cette couleur, ça rendra bien.

Il a tendu vers le visage de Mama un objet de métal noir et l'a fait cliqueter du pouce. Elle a reculé comme si elle venait d'être mordue. Il a dit :

— Ne vous inquiétez pas. C'est un simple contrôle de l'éclairage. Je voulais prendre des photos sous le porche mais l'éclairage n'est pas bon, les arbres sont trop près. Il faut qu'on aille plus loin.

Il a dévalé les marches, dérapant sur les boules de sycomore. Elle a dit :

— Attention. Mes gamins disent que ces choses sont plus dures que le métal des roulements à billes.

— Vous avez des enfants astucieux.

Il a dirigé l'objet métallique ici et là, cliquetant autour de lui,

— Ils sont intelligents. Je me demande de qui ils tiennent ça.

Elle a tiré ses cheveux en arrière, elle sentait la brise fraîche sur son cou. DeCapra a ajusté son appareil en trois ou quatre positions différentes, en la regardant à chaque fois dans le viseur. Elle fixait le cercle de verre noir et se disait que c'était comme la pupille du photographe, agrandie mille fois. Si la lumière avait été assez forte, elle aurait pu voir par ce trou jusque dans son cerveau. Il a dirigé l'appareil vers elle et il a appuyé sur le déclencheur. Il a fait tourner un bouton, il a encore appuyé. Il a dit :

— Ça n'est pas mal. Vous êtes plutôt détendue. Il y a un tas de gens qui se pétrifient devant un appareil.

C'est alors seulement qu'elle s'est rendu compte que la photo était prise. Elle n'aurait jamais cru que ce serait si simple. Il a demandé :

— Pourriez-vous aller un peu vers la droite, près du gros arbre ? C'est cela. Maintenant, posez le pied sur cette racine et regardez au loin. Efforcez-vous d'oublier que je vous prends en photo.

Elle a fait de son mieux, regardant l'étendue des champs et regrettant de ne pas avoir de montre pour savoir quelle heure il était. Elle a jeté un coup d'œil à DeCapra. Il a dit :

— Non, ne regardez pas l'appareil. Regardez là-bas.

Et du bras il indiquait la direction générale de ce « là-bas ». Au bout d'un moment il a ajouté :

— Je l'aime vraiment, cette robe. Les couleurs vives vont bien aux femmes avec des cheveux sombres.

— Mon fils m'a dit que j'avais l'air d'une voiture de pompiers.

Le photographe s'est accroupi dans la poussière.

— Vous avez combien d'enfants ?

— Cinq.

Il a posé lentement l'appareil sur son genou.

— Quel âge avez-vous ?

Cette fois elle a fait exprès de regarder au loin, parce qu'elle ne voulait pas le regarder, lui.

— J'ai vingt-six ans. Ça fait neuf ans que je suis mariée.

Quand il a de nouveau soulevé l'appareil, il est resté un moment silencieux, et finalement c'est elle qui a demandé :

— Dans quelle école vous êtes ?

— A Mars Hill. L'université de ce grand Etat. J'en suis au doctorat.

— Mes fils iront là eux aussi. Il y a un bel hôpital.

— Un hôpital ?

Elle allait lui expliquer pourquoi cet hôpital était si important. Mais elle a craint d'en dire trop, se souvenant de ses autres questions.

— Ils seront tous médecins. Cet hôpital, ça doit être un bon endroit pour apprendre à devenir un médecin.

— On peut gagner beaucoup d'argent dans la médecine, a dit le photographe.

— Quand ils seront tous des gens riches et chics, ils se débrouilleront pour acheter à leur Mama une jolie maison, et pour lui fournir chaque semaine des provisions, et ainsi quand je serai vieille je n'aurai plus qu'à m'asseoir sous le porche et a regarder passer les voitures.

Elle a ri, et c'était comme si elle avait parlé pour elle seule.

— Voilà tout le repos que j'aurai jamais. Mais ça suffira.

Le photographe appuyait sur le déclencheur, sans rien répondre. Une fois il a ouvert le dos de l'appareil et glissé quelque chose dedans, ses doigts remuaient si rapidement qu'elle n'a pas très bien vu ce qu'il faisait.

— Les études de médecine, ça coûte cher, Mrs Crell.

— Qui vous a donné mon nom ?

— Je l'ai lu sur la boîte à lettres.

Il a appuyé sur le bouton. Il a repris :

— Celle-là, je l'aime. Vous avez l'air en colère.

C'est alors qu'elle a entendu le bruit. Encore lointain. En bas de la côte.

— Il est temps que je m'occupe du dîner, Mr DeCapra.

— Juste une minute. Regardez les champs, là-bas. Et puis les nuages, là-haut.

Quand à nouveau elle a entendu le bruit, elle a compris qu'elle ne s'était pas trompée, elle s'en est rendu compte calmement, dans ce calme qui accompagne l'annonce d'une mauvaise nouvelle. Papa arrivait, il allait la trouver avec cet homme et elle l'avait toujours su.

— Oui, c'est l'expression qu'il me faut. Pensive. Un peu inquiète.

Le camion a tourné sous les arbres, et le pare-brise a été envahi par l'ombre. Elle ne pouvait voir le visage de Papa. Le photographe, absorbé dans la manipulation d'un cadran de son appareil, l'a à peine remarqué. Le moteur du camion s'est tu. Mama s'est retournée, lentement, croisant les bras, et elle s'est éloignée de l'arbre. Elle voulait simplement se diriger vers Papa, prendre son visage entre ses mains, et dire que ce n'était rien, rien du tout. Cet homme, je ne l'aime pas trop. Mais elle a seulement contemplé Papa qui descendait du camion, son bras valide replié sur la poitrine. D'un bout à l'autre de la cour, elle reconnaissait cet air qu'il avait.

Papa a expédié dans la poussière le mégot de sa cigarette et a toussé.

— On a de la compagnie, Ellen ?

Mr DeCapra a levé les yeux de son appareil photo et a bondi main tendue vers le nouvel arrivant.

— Vous devez être Mr Crell.

Il a laissé l'appareil se balancer autour de son cou, suspendu à la courroie et a secoué énergiquement la main de Papa.

— Je suis photographe. Je viens de Mars Hill.

— Vous avez fait tout ce voyage pour prendre ma femme en photo ?

Il s'est tourné vers Mama avec une sorte d'indolence voulue. Elle s'appliquait à déplisser sa jupe. Si seulement le rouge avait été moins vif.

— C'est un long trajet en voiture. On y emmène les enfants. A l'hôpital.

— Un excellent hôpital, a dit le photographe. Absolument énorme. Je parie qu'il occupe au moins la moitié du campus.

— Ils vous piqueraient tout votre fric pour payer leurs grands bâtiments.

Papa faisait pivoter son talon dans la poussière.

— Et pourquoi vous prenez des photos ?

— Il y a des gens de mon Unité qui rassemblent des matériaux pour un livre sur la partie est de l'Etat, afin d'avoir des témoignages de votre façon de vivre, certains pensent qu'elle est vouée à la disparition. Votre façon de vivre, je veux dire.

Mal à l'aise, il scrutait le visage de papa et sans doute souhaitait à présent avoir pris ses dernières photos un peu plus vite. Il a terminé piteusement :

— Le gouvernement nous donne une subvention.

— Ces crétins du gouvernement, ils paieraient pour n'importe quoi. Vous allez mettre la photo de ma femme dans ce livre ?

— Votre femme et la maison. C'est une maison fascinante. J'aimerais bien connaître l'homme qui l'a construite.

— C'était un étranger.

Papa a sorti de sa poche une boîte d'allumettes, en a pris une et s'en est servi comme d'un cure-dents.

— Ma femme n'aime pas grimper tous ces escaliers. Elle dit que ça la fatigue.

— Les escaliers ? a dit le photographe.

Papa l'a longuement observé.

— Pour monter dans les chambres. Moi les marches ça m'est égal. Surtout s'il s'agit d'aller au lit. Et vous, m'sieur le Preneur de Photos ?

Le photographe a rougi.

— C'est « photographe », le mot, Mr Crell. Et mon nom est Frank DeCapra. Le « monsieur » n'est pas nécessaire.

Papa a eu un rire bref.

— Hé. J'ai compris. M'sieur.

Il s'est avancé vers Mama. Des années plus tard, quand elle racontait l'histoire, elle sentait encore en elle, encore tout brûlant en elle, ce regard que Papa lui avait jeté. Pas méchant, pas comme s'il se préparait à lui taper sur les mains si jamais elle tentait de le toucher. Mais douloureux, effrayé. Et il ne la regardait pas dans les yeux. Il fixait les boutons de la robe, d'un air bien déterminé à ne jamais les oublier.

— Mr Crell..., a dit le photographe.

Cette fois, Mama l'a interrompu.

— Je croyais que vous en aviez fini avec vos photos.

— Mrs Crell, votre mari m'insulte.

— Il vous a appelé m'sieur. Je vous ai appelé m'sieur tout l'après-midi et vous avez pas protesté.

Il a battu des paupières, comme très surpris par la soudaine agressivité de Mama.

— Les gens comme vous, les gens d'ici ne doivent pas voir grand-chose du monde alentour. Un étranger qui vient dans l'après-midi et on croirait que des Yankees vous assaillent de toutes parts.

— Je suppose que vous aimez que les hommes vous appellent Frank et que les femmes vous appellent m'sieur Frank, a dit Mama. Elle a secoué très fort la tête, simplement pour se libérer du terrible regard de papa. Mr DeCapra lui aussi la regardait. Il a dit :

— Oui. J'ai pris toutes les photos que je voulais et maintenant je serais heureux de m'en aller.

Toutefois il soulevait son appareil comme s'il avait l'intention de s'en servir encore.

Papa a dit, à voix basse :

— Fous le camp.

Le photographe a filé, l'appareil lui battant les côtes. Mais à quelques pas de sa voiture il s'est retourné, il s'est mis à discourir, avec des gestes emphatiques, tel un professeur face à sa classe.

— Vous par ici vous êtes barjots. Un homme veut simplement prendre quelques misérables photos et vous agissez comme s'il tentait de vous arracher votre vie. Et si je n'aime pas qu'on m'appelle m'sieur ça me regarde. Des tas de gens n'aiment pas qu'on les appellent m'sieur.

— Des tas de gens n'aiment pas qu'on pousse des hurlements dans leur cour, scandait Papa en s'avançant.

Mama a dit que lorsque Papa s'avançait, elle a vu le regard

du photographe remonter vers le bras mutilé. Il le remarquait pour la première fois et elle a noté le changement dans l'expression de son visage et elle se souvenait qu'elle avait pensé que c'était absurde qu'un homme qui pour gagner sa vie devait se fier à son regard se soit montré aussi peu attentif. Il a reculé, pour fuir la vue du bras tout autant que pour fuir Papa. Quand il a atteint sa petite voiture, Papa a levé en l'air le poing qui lui restait :

— Si jamais tu mets une photo de ma femme dans ta saloperie de bouquin je te rattrape et je te démolis.

DeCapra a soulevé encore une fois son appareil et a pris une dernière photo. Papa s'est baissé cherchant une pierre, comme un petit garçon en colère, et Mama a dû lui retenir la main. Elle l'a fait se tourner vers elle. Elle a entendu la voiture qui s'éloignait.

Elle a dit, fixant Papa dans les yeux :

— Tu es jaloux pour rien. Il a pris trois photos de moi sous le porche. Ce n'est encore qu'un gamin.

Papa a froncé les sourcils, préparant des mots qu'il n'osait pas prononcer. Elle l'a conduit tranquillement vers la maison. Sur le seuil il s'est mis à siffler bizarrement, entre ses dents.

Une fois dans la maison elle l'a quitté en disant :

— Je vais me changer.

Elle le sentait qui la guettait, même quand il ne pouvait plus la voir.

Elle ne se souvenait pas exactement quand il s'est remis à boire, après ça, mais c'était avant que vous quittiez le Phare. Il n'était pas violent mais il buvait de la bière. Lorsqu'elle en sentait l'odeur dans son souffle elle savait que la période de paix ne durerait plus, et à nouveau elle avait peur.

Bientôt vous avez déménagé, pour venir occuper la maison où vous vivez à présent, la maison blanche au milieu des champs près de la rivière, et tu erres près de la rivière et tu rêves d'une autre vie. Quand vous changez de maison, maintenant tu t'en fiches. Changer de maison c'est comme changer de vêtements : on fourre les mêmes meubles dans des pièces différentes, d'une façon un peu différente. Cette nouvelle maison a les portes de ses pièces disposées en cercle. Un cercle de portes. Lorsqu'Amy l'a vue, cette maison, le jour où Mama vous y a tous èmmenés pour que vous l'aidiez à nettoyer, c'est ce cercle des portes qu'elle a remarqué en premier. Elle se tenait sur le seuil, regardant Mama frotter une tache sur la plinthe. Amy a murmuré :

— Je pense à quelque chose.

Et elle t'a conduit de la salle de séjour à la cuisine, à la véranda du fond, à la chambre, à la salle de bains, à l'autre chambre et puis à la salle de séjour où Mama était toujours courbée pour le même nettoyage. Mama s'est redressée regardant les branches qui se balançaient derrière la fenêtre.

— Tu vois, a dit Amy. Les portes font un cercle. On a une de ses chances...

Toi tu as dit :

— On peut jouer à chat, ici.

— Essayez seulement de jouer à chat et vous verrez ce qui va vous arriver, a dit Mama trempant son chiffon dans de l'eau parfumée au pin. Un simple mot et je l'entends, même s'il est chuchoté.

Amy a dit, tout haut cette fois :

— On peut courir en rond dans cette maison sans rien qui vous arrête et sans jamais se faire attraper, Mama. T'as entendu ? Les portes font un cercle et on tourne en rond d'une pièce à l'autre. Papa ne pourra pas t'attraper.

Les ombres des branches bougeaient sur le plancher. Mama les contemplait. Tu étais triste rien qu'à voir son visage. Au bout d'un moment, elle s'est remise à frotter.

— Peut-être qu'il ne me poursuivra pas, dans cette maison, Amy Kay. Il a été calme si longtemps. Il a plus l'air de chercher la bagarre.

Docilement, Amy Kay acquiesçait de la tête. Et toi aussi. Mais Mama a gardé le visage tourné vers le mur.

Vous vous êtes installés dans la Maison en Cercle au début

de Novembre. Vous n'y passerez qu'un hiver. Tu t'en souviendras mieux que des autres maisons où vous avez vécu ensuite, et dans tes rêves tu emprunteras souvent le cercle des portes, contemplant la lumière qui entre par les fenêtres, entendant ta Mama qui va d'une pièce à l'autre, comme si elle apprenait à reconnaître le chemin.

4

Tu marches sous l'inaltérable étendue de nuages. Le vent frais descend de là-haut, fredonne dans les pins, éparpille les tiges de blé du champ.

Si tu te retournes tu vas voir l'Homme de la Rivière au bord de la forêt et tu es sûr qu'il t'observe dans ta retraite. Tu sais même comment il se tient, reposant de tout son poids sur une seule jambe brune. Tu vas le voir, si tu te retournes.

Mais tu ne te retournes pas.

Mama a sorti sous le porche la table verte aux pieds d'aluminium, et les plantes sont là, dans leurs pots d'argile, épaisses, gonflées de lumière hivernale. L'écran rouillé de la porte pend contre les pots. Tu le remets en place.

Les feuilles pâles sur tes bras sont douces comme des lèvres.

Dans la chambre que tu partages avec tes frères et Amy Kay, la lumière entre obliquement à travers les vitres, si intense qu'un moment tu crains que le soleil ait dissipé les nuages ce qui t'enlèverait tout espoir de voir tomber la neige. Par la fenêtre tu constates que les nuages sont toujours là, seulement un peu moins épais, et tu voudrais qu'un vent glacé apporte la neige en une rafale de feu blanc qui cinglera la maison et les champs.

Tu jettes ta veste sur le lit. Elle tombe au milieu toute fripée et tu crois presque te voir dedans, couché sur le sommier défoncé. Tu aimerais t'étendre là, tourner ton visage vers le mur et presser tes poings contre tes oreilles.

Mais cette pièce n'a pas de chauffage. De la pièce chauffée, sur le devant de la maison, vient la voix de Papa.

Tu t'agenouilles près du lit et appuies ta tête contre le matelas, dos courbé à cause des cris, souhaitant être ailleurs, au bord de la rivière, souhaitant

la voix de Mama s'élève et puis s'éloigne. Mama est allée dans une autre pièce

Papa se calme

et toi souhaitant que Mama remplisse un sac avec tous vos vêtements et vous dise de monter dans l'auto et elle vous conduirait jusqu'à un endroit où Papa ne pourrait pas vous retrouver

mais la batterie de l'auto est à plat

si tu lui demandais ça, Mama répliquerait :

— Où irions-nous ? On n'a nulle part où aller.

Et tu ne saurais quoi répondre.

Tu es assis contre le lit, sur le plancher froid, très conscient qu'il n'y a pas d'autre endroit où Mama pourrait vous emmener.

Tu vas dans la salle de bains pour faire pipi et te laver les mains. Tu te laves très longuement les mains, enduisant de savon chaque doigt l'un après l'autre.

Tes mains laissent sur la serviette de toilette des traces humides, et la chasse d'eau quand tu la tires, fait un tel vacarme que les murs en tremblent.

Dans la chambre de Papa et Mama tu restes un instant immobile. Mama a fermé les rideaux et baissé les stores. Dans la pénombre on croirait que la chambre est au fond de l'eau. L'air froid te glace la peau. Le lit placé en diagonale occupe plus de la moitié de la pièce entre les deux grandes fenêtres. Tôt le matin Mama fait tous les lits, marquant bien nettement les coins, tapotant les oreillers pour les gonfler, lissant de la main les faux plis du couvre-lit. Elle balaie le plancher qui reluit.

Au-delà tu vois dans l'encadrement de la porte la salle de séjour où Papa est assis, les pieds sur un tabouret. Tu vois seulement ses pieds nus, blancs et sillonnés de veines, et la fumée de sa cigarette. Sait-on que tu es rentré ? Allen est dos à la porte, s'il se retournait il te verrait. Papa sait-il que tu te tiens si près, observant sur ses pieds la pulsation des veines ?

Dans la chambre obscure tu te sens un peu réconforté. Tu n'entends qu'à peine le ronronnement de la télévision. Tu voudrais rester immobile, ne pas avancer vers cette pièce commune où les autres attendent. Mais ce qui t'a fait revenir du bord de la rivière te tient toujours sous son emprise.

Mama demande :

— Danny n'est pas encore rentré ? Est-ce lui que j'ai entendu marcher ? Ce gamin ne devrait pas rester aussi longtemps dehors par un froid pareil.

Allen marmonne qu'il ne t'a pas vu.

Papa tousse. Les pieds nus s'agitent.

Tu avales ta salive et tu t'avances.

— Mama, je suis là.

Tu as parlé à voix si basse qu'il te semble que ça n'atteint pas les murs. Papa te jette un coup d'œil puis regarde ailleurs. Il enlève avec ses dents la saleté sous un ongle, tout en contemplant la fenêtre. Autour de lui flotte, comme un brouillard poisseux, l'odeur de la bouteille de whisky débouchée.

— As-tu accroché ton manteau ? demande Mama. Si je le trouve à traîner sur le lit, quelqu'un aura à qui parler.

Et tu réponds tranquillement que ça peut attendre une minute.

Tout le monde est dans la salle de séjour où siffle l'appareil de chauffage, des flammes bleues dansant au-dessus des brûleurs.

Papa te lance un coup d'œil furieux.

— Ferme cette foutue porte. Tu laisses partir toute la chaleur.

Son air morne, ça veut dire qu'il boit depuis pas mal de temps. Tu lui obéis sans prononcer un mot.

Il y a le bruit de la télévision mais tu n'en as guère conscience. Papa, lui, fixe l'écran comme s'il suivait ce qui s'y passe.

— C'est un bon film, Danny, dit Allen tout bas et la façon dont il te regarde ça te donne envie d'être auprès de lui. Tu t'installes à son côté sur le plancher, appuyé contre le divan. Tu te sens en sécurité quand tu es près de tes frères et de ta sœur. Tu restes immobile, silencieux, comme si tu contemplais l'écran mais tu ne fais que contempler Papa. Il casse entre ses dents un morceau d'ongle qu'il crache.

— Tout ce fric qu'on gaspille pour chauffer cette baraque, qui reste froide comme une putain.

— Un aussi petit poêle ça peut pas faire grand-chose, dit Mama.

— T'es si riche que tu veux en acheter un autre, Miss Grande Gueule ?

— On pourrait se le permettre si tu dépensais pas tant d'argent pour ton seul plaisir.

— Parlons-en. Avec ça que t'en gagnes beaucoup, toi. Dis un peu ce que j'ai dépensé qui serait pas pour toi et les gosses.

— Tu le sais mieux que moi.

— Toi tu sais pourquoi je me suis mis à boire. Jusqu'à la semaine dernière je vidais juste une bière ou deux de temps en temps.

Il se tourne vers la porte de la cuisine, le regard mauvais. S'adresse à Mama sans la voir. Elle dit, d'un ton égal et doux :

— Oui, je sais quelle excuse tu te donnes.

Toi, Danny, tu te demandes de quoi ils parlent.

Amy te fait un clin d'œil et prononce silencieusement :

— Delia.

Tante Delia est venue en visite la semaine dernière. Depuis, Papa et Mama n'ont pas cessé de se chamailler.

Mais déjà tu avais senti que le silence de Papa se chargeait de colère, et cela avant même l'installation dans le Phare.

Papa ne se soucie pas de toi, ni d'Amy. Il regarde fixement la porte de la cuisine, lèvres serrées sur des mots qu'il ne prononce pas, une lueur mauvaise dans les yeux et tu détournes la tête, pour qu'il ne te surprenne pas à le guetter.

Les lèvres d'Amy forment le mot encore et encore. Amy veut être sûre que tu as compris.

— Delia, Delia, Delia...

Mama a trouvé quelque chose dans la voiture et elle a pleuré. Elle a montré l'objet à Papa en lui demandant quand il s'en était servi. Parce que ça avait servi.

Mama a dit qu'elle ne voulait pas toucher à nouveau à cette chose gluante, elle venait de se laver les mains, Mais elle l'a mise dans la véranda et si Papa ne se souvenait pas de quoi il s'agissait qu'il aille donc voir.

— Tu es la plus vicieuse salope que j'aie jamais rencontrée, a dit Papa.

Papa continue à fixer du regard la porte de la cuisine, et sa hargne lui fait comme un masque terrible. Les muscles de sa mâchoire remuent. Il dit :

— Tu sais tout. Tu sais tout ou du moins tu te le figures. Mais si tu continues tu auras des ennuis.

Mama tape avec une cuiller sur le flanc d'une casserole.

— Je sais ce que j'ai vu de mes propres yeux.

— Tes yeux sont accrochés à ce qu'il y a dans ta tête. Et ce qu'il y a dans ta tête c'est stupide, ou alors c'est dégoûtant. M'accuser de ce que tu m'accuses...

— Tu veux que je dise à tes enfants exactement de quoi il s'agit ?

Mama a surgi sur le seuil de la porte tenant d'une main une pomme de terre pelée et de l'autre une cuiller à pot. Elle a un air si déterminé, si sévère que Papa faiblit. Elle reprend :

— Continue à baratiner et ils devineront tout sans que je m'en mêle, rien qu'à voir ta bouche se tordre, mâchant les mots pour te sortir de là.

Faiblement, Papa a encore protesté :

— Ils ont rien à deviner.

Mama se contente de le regarder. Au bout d'un moment elle dit :

— Tu veux que je leur montre ce qu'il y a dans le sac ? Ils ne comprendront pas à quoi ça sert mais je peux leur expliquer. C'est ce que vous appelez « rien », Mr Le Baratineur ?

Papa se tourne à nouveau vers l'écran de la télé. Mama se retire tranquillement dans la cuisine. On l'entend qui épluche, remue des ustensiles, fait couler l'eau dans l'évier. Si c'était un jour ordinaire elle fredonnerait un petit air. Tu peux presque la voir comme elle doit être, le visage impassible mais tendu. Rien ne transparaît de ce qu'elle ressent. Ses mains prestes s'agitent au-dessus du fourneau qui vous a accompagné de maison en maison toutes ces années. Aujourd'hui Mama est comme un mur.

Papa est assis dans la lumière faible et froide qui tombe à travers la vitre sur ses sombres vêtements de travail, sur son visage pas rasé et ses orteils bleuâtres, aux ongles gris et déchiquetés parce qu'il ne les coupe jamais mais attend qu'ils soient assez longs pour les casser avec ses doigts. Il tourne vers la fenêtre son visage hâve et brun, et tu te demandes à quoi il pense. Tu te demandes s'il a froid aux pieds. Le reste du bras mutilé pend dans une manche qui se termine par un nœud maladroit, tout ce que Papa est capable de faire sans aide. Il mordille nerveusement les ongles de sa main indemne, un ongle, un autre, qui sont déjà rongés jusqu'au sang.

Tu te laisses aller contre le canapé, dans l'odeur du repas de Thanksgiving, entendant près de toi Allen respirer paisiblement, les mains croisées contre l'ourlet de son jean. Duck est assis sur le canapé et, maussade, il examine ses doigts. Grove s'endort sur les genoux d'Amy qui vous observe en ouvrant de grands yeux.

Elle profite du moment où Papa se tourne vers la fenêtre pour lui tirer la langue.

Tu inclines la tête, évitant son regard, souhaitant très fort que ce jour se termine. Demain Papa devra retourner au travail.

Comme si elle lisait tes pensées, Amy incline la tête à son tour en tripotant nerveusement les cheveux bouclés de Grove.

Delia est venue en visite après avoir surpris son fiancé dans un appentis, vautré sur une Noire. La vue de son cher Carl

Edward affalé sur une négresse ahanante lui a complètement démoli les nerfs. Elle n'a rien mangé pendant trois jours, n'a pas dormi de toute une semaine. Finalement elle s'est dit qu'elle n'allait pas continuer à se morfondre pour ce salopard de Carl Edward. S'il voulait défoncer toutes les négresses du nord de la Géorgie qu'il ne se prive surtout pas. Elle a décidé qu'elle irait voir sa sœur Ellen pour Thanksgiving. Elle a déposé la bague que ce pourri lui avait donnée chez un prêteur sur gages de Fayetteville et avec les douze dollars qu'elle a touchés elle a acheté un billet pour Potter's Lake.

Delia était capable de n'importe quoi quand elle était en colère à cause d'un homme et les hommes ne cessaient de la mettre en colère. Mama disait qu'elle était restée comme un bébé. Mama aimait mieux Delia que les autres membres de sa famille. Elle n'aimait guère sa famille. Quand Delia est arrivée, on n'aurait pas imaginé que ça pourrait mal tourner. Papa buvait toujours un peu mais depuis l'installation dans cette nouvelle maison il était de bonne humeur et Mama commençait à penser qu'il avait oublié le photographe. Comme tout le monde il paraissait content de voir Delia. Lui et Mama étaient allés l'attendre à l'arrêt de l'autocar tôt un lundi matin, avant le départ de Papa au travail et tous trois buvaient le café dans la cuisine, en se racontant des histoires et en riant si fort qu'ils vous ont réveillés, vous les enfants, encore au lit dans la chambre du fond. Delia avait apporté trois robes dans un sac de papier brun qu'elle tenait sur ses genoux, et ce premier après-midi elle a installé la planche à repasser au milieu de la salle de séjour et les a repassées. C'est alors seulement que Mama a reconnu l'une des trois, la robe jaune orange, sans manches et à jupe plissée, qu'elle avait empruntée à l'aînée de ses sœurs pour se marier, voilà bien des années. Elle a demandé :

— D'où vient que tu as cette robe de Corrine?

— Corrine l'aime plus, elle la trouve trop étroite aux hanches et ça fait des faux plis quand elle s'assoit.

— Elle te l'a donnée?

— Sûr.

Après un silence, Mama a dit :

— Je me suis mariée dans cette robe.

— Oh je sais, elle me l'a dit.

Mama est allée jusqu'à la fenêtre. Elle vous a écoutés un moment, qui étiez tous à jouer dans la cour.

— Corrine avait promis de me la donner, à moi, si jamais elle décidait de s'en débarrasser.

— Corrine est à moitié folle, a dit Delia. Tu la connais. Un jour elle promet quelque chose et le lendemain elle a oublié. Je crois que toute cette graisse, ça s'est mis aussi dans son cerveau.

— Elle ne devrait pas revenir sur une promesse quand il s'agit d'un cas aussi spécial. Elle sait à quel point je la voulais, sa robe.

Delia a reposé le fer à repasser. Elle a eu pour Mama un sourire qui a fait que Mama a été prise d'envie de lui flanquer une baffe. Delia a dit :

— Eh bien, si tu veux la vérité, quand elle me l'a donnée, cette robe, Corine m'a dit de ne pas la porter dans tes parages parce que ça te mettrait en colère de la voir sur moi. Mais elle a dit aussi que ta colère elle s'en fiche, qu'il n'y a pas de raison qu'elle donne une robe en parfait état à une sœur qu'elle voit tous les trente-six du mois. La vérité, c'est que tout le monde dans la famille est furieux contre toi parce que tu te comportes comme si on valait pas la peine que tu viennes nous voir, alors que ça te prendrait que deux heures de voiture.

— Eh bien, tu es la seule qui est venue me voir depuis je ne sais combien de temps, a dit Mama. Est-ce que je suis obligatoirement celle qui doit bouger ?

Delia a encore posé le fer à repasser et elle a dit, secouant son index :

— Tu sais que Mama n'a pas de voiture et peut à peine se déplacer, grosse comme elle est.

Mama a ri :

— Qui lui a dit d'être aussi grosse ? C'est pas ma faute si elle ne se déplace que de son fourneau à la table de la cuisine. Et combien tu vois d'autos dans ma cour ?

— Il y en a au moins une.

— Avec la batterie comme un bloc de ciment.

Mama a tiré les rideaux et s'est mise à arpenter la pièce. Delia faisait glisser la robe autour de la planche à repasser, elle finissait le corsage avant de s'attaquer aux plis de la jupe.

— Ecoute, c'est pas moi qui ai dit ça, tu n'as pas à m'en vouloir. Quand j'ai envie de te voir je n'ai qu'à prendre l'autocar. J'ai été contente de venir. Et cette robe, je l'aime pas tellement. Si tu la veux la voilà.

— Corrine et toi pourraient me supplier que j'en voudrais pas, à présent, a dit Mama au bord des larmes rien qu'à la vue de cette robe qui lui rappelait tant de souvenirs. Le temps où Papa avait ses deux bras, le jour où elle l'avait rencontré pour la première fois et il lui paraissait si grand et si beau et si gentil, exactement l'homme qu'il fallait pour l'emmener loin de son Papa à elle, de sa famille à elle, exactement l'homme qu'elle devait épouser. Mama a dit :

— Cette robe, tu peux la porter jusqu'à ce qu'elle pourrisse sur ton dos.

Delia a soulevé la robe vers la lumière.

— Chérie, sois pas comme ça. Tu me ferais me sentir mal à l'aise et je n'aurais plus de plaisir à la mettre. C'est une si jolie couleur.

— Jaune orange et vert sont mes teintes préférées.

— Mais faut pas les mélanger, a conseillé Delia.

— Fais attention aux boutons. Y en avait un prêt à tomber et cette flemmarde de Corrine ne l'a sûrement pas rattaché.

— J'ai déjà recousu les boutons avec du bon fil solide.

Delia a tourné la robe d'un côté et de l'autre pour mieux l'admirer, avant de l'étaler à nouveau sur la planche à repasser afin de marquer les plis un à un.

— En fait, je veux seulement la porter pour avoir la même chance que toi avec mon prochain petit ami. Je trouve que Bobjay est si bien. Aucune de nos sœurs n'a un mari même à moitié aussi bien.

Mama n'a pas su quoi répondre — elle n'avait jamais beaucoup parlé de Papa avec sa famille — et juste à ce moment Papa est rentré du travail, faisant claquer la porte de derrière et martelant de ses gros souliers le lino de la cuisine. Delia a lancé à Mama un coup d'œil malicieux et elle a dit :

— Voyons si Bobjay se souvient de cette robe.

— Non, il ne s'en souviendra pas, a dit Mama.

Le pas lourd de son mari ça la rendait nerveuse. Quand il est entré dans la salle de séjour son grand corps a jeté comme une ombre sur elle et elle a eu presque peur de lever les yeux vers lui. Mais Papa a dit bonsoir d'une voix joyeuse. Et elle a levé les yeux, et déjà elle se sentait stupide, et elle a rencontré le visage qui s'approchait du sien pour un léger baiser. Delia a ri et elle a dit :

— Vous êtes juste comme deux tourtereaux. Mais regarde cette robe, Bobjay. Elle est jolie, n'est-ce pas. Est-ce que tu te rappelles l'avoir déjà vue ?

Papa a étendu la main, a pris la robe, l'a soigneusement emportée jusqu'à la fenêtre pour l'examiner. Il a fait tournoyer les plis dans la lumière. Et puis, il a déclaré :

— Ellen la portait quand on s'est mariés. Pas vrai, Ellen ?

— Je ne pensais pas que tu t'en souviendrais, a murmuré Mama. Tu ne t'es jamais intéressé à ce genre de choses.

— Comment ne pas m'en souvenir quand tu étais si jolie ? a demandé Papa. Corrine a donc fini par te la donner ? On aurait bien cru qu'elle allait la garder jusqu'à ce qu'elle la fasse éclater.

— C'est à moi qu'elle l'a donnée, Bobjay. Et sur moi cette robe est si belle que je parierais bien que ça va m'aider à trouver un mari, juste comme Ellen, a claironné Delia.

Papa a eu vers Mama un regard interrogateur. Mama déjà expliquait :

— Corine m'en veut parce que je ne lui rends pas souvent visite. C'est ce qu'elle a dit à Delia.

Papa a ri, presque à s'étrangler.

— Si c'était le genre de famille à qui on a envie de rendre visite on irait aussi souvent que tu voudrais. Mais à mon avis les membres de la famille Tote sont tous des moins que rien.

— Bobjay ! a crié Delia.

Mama a courbé la tête.

— Il aime pas trop ma famille.

— Y a rien à aimer, a dit Papa. A part toi et Delia c'est juste un tas d'ivrognes et de putains.

— Tu vas l'écouter tranquillement parler comme ça de tes proches ? a demandé Delia.

— Je parle pas de toi. Je te l'ai déjà dit.

Papa a posé la robe sur la planche à repasser et s'est écarté de la fenêtre. Quand il s'est assis les ressorts du fauteuil ont grincé. Papa a repris :

— Toi et Ellen, vous êtes les seules dans le lot qui soient convenables. C'est pas vous deux que j'attaque.

Delia a tenu la robe contre elle. Elle a dit :

— A t'entendre, j'imagine que ta famille à toi est la crème de la société.

— Au moins mes sœurs ont toutes attendu d'être mariées pour avoir des gosses. Et à ma connaissance aucune a jamais baisé avec un nègre.

— Tais-toi, Bobjay, y a pas de quoi se lancer dans une bagarre.

— J'aime pas que tu me dises de me taire.

— Tu peux penser ce que tu veux, mais s'agit pas de ta famille et tu sais pas tout à leur sujet. C'est pas drôle d'entendre quelqu'un parler des personnes de la famille comme si elles étaient vulgaires.

— Elles sont vulgaires.

Delia a eu un petit rugissement de colère et a tourné le dos à Papa, en agitant la robe comme un fouet.

— Assez, vous deux, a dit Mama d'une voix tranquille Grove vient juste de s'endormir et j'ai pas envie qu'on le réveille.

Elle était là, ne regardant ni Delia ni Papa, serrant son cardigan étroitement contre elle dans cette pièce qui était toujours froide. Elle est allée jusqu'à la fenêtre, a tiré les rideaux de côté, s'est penchée vers la vitre.

— Je suppose que je ferais mieux d'appeler Amy et les garçons. Il fait trop froid pour qu'ils restent dehors si longtemps.

Elle était troublée de découvrir combien Delia avait l'air vexé. Elle a ouvert la porte et vous a observés un moment, Toi, Allen, Amy et Duck qui jouaient à vous poursuivre dans la cour de devant, dans l'herbe sèche et craquante comme des ressorts sous les pieds. Mama a frissonné.

— Allons, petits sauvages, rentrez dégeler dans la maison avant d'être tellement raides que vous ne pourrez pas avaler le dîner que je prépare.

— Qu'est-ce qu'on mange ? a braillé Allen.

— Du poulet frit.

Tu as hurlé :

— Moi je veux du blanc.

Et tes frères ont protesté, riant, te pourchassant, mais tu t'es échappé, et tu te sentais léger et vif dans le froid.

— J'ai le droit de choisir mon morceau de poulet parce que j'ai été tout l'après-midi celui qui colle.

— C'est simplement que t'es celui qui court le moins vite, a dit Amy.

— Danny il pourrait pas attraper une mouche qu'aurait les ailes prises dans la boue, a dit Duck.

Et tous ont ri et tu as ri et Mama, toujours frissonnante, a déclaré :

— Je reviendrai pas une fois de plus ouvrir cette porte. Rentrez dans la maison où il fait bon.

Mama a été heureuse de vous voir remplir la maison et par-dessus vos têtes elle a souri à Papa qui vous regardait et qui a dit :

— Faites pas trop de bruit, les enfants. J'ai mal au crâne.

Juste alors, se retournant, Mama a vu que Delia avait quitté la pièce sans même débrancher le fer à repasser. Elle s'est demandé si Delia dans sa rage avait décidé de lui laisser tout ranger ; mais non, avant même que Mama ait eu le temps de vous envoyer tous accrocher vos manteaux dans la chambre Delia est apparue sur le seuil de la pièce vêtue de la robe orange. Calmement, Mama a fermé la porte de devant.

— Ça me va ? a demandé Delia, tournant sur elle-même pour faire tourbillonner la jupe.

Mama a hoché la tête en souriant, sans pouvoir prononcer un mot. Papa a dit quelque chose qu'elle n'a pas entendu... Elle en était juste à remarquer que Papa ne contemplait pas Delia dans la robe orange comme s'il se souvenait que sa femme l'avait portée, cette robe, pour son mariage. Delia avait plus de poitrine que Mama et le décolleté descendait jusqu'au partage des seins. Les jambes de Delia étaient lisses et brunes, alors que celles de Mama était plus pâles avec des petites taches de rousseur.

— Je suis aussi jolie que l'était Ellen ? a demandé Delia.

— C'est une bonne chose que je ne t'aie pas vue la porter en premier, cette robe, voilà tout ce que j'ai à dire.

Papa a eu un gros rire et s'est tourné vers Mama. Elle a pris un air distrait.

— Tante Delia est pas mal, mais sûrement pas aussi jolie que Mama a déclaré Amy avec fougue. Elle est plus grosse, voilà tout.

Les rires ont dissipé la gêne. Toutefois Mama n'a pas manqué de noter les étranges façons de Papa et Delia. Papa a contemplé la robe un petit peu trop longtemps. Delia, elle, a contemplé Papa plus longtemps encore, en baissant légèrement les paupières.

Si Delia était fâchée, les deux jours suivants elle ne l'a guère montré. Le matin, elle s'asseyait avec Papa à la table de la cuisine tandis que Mama préparait leur petit déjeuner. Les tasses à peine vidées, Mama les remplissait. Elle disait que Papa et Delia bavardaient comme s'ils étaient les meilleurs amis du monde. Quand elle voulait, Delia savait faire rire. Elle parlait avec animation, racontant un tas d'histoires sur les Tote, et le visage de Papa était tout déformé par les accès d'hilarité. Mama s'asseyait près de lui, posait une main sur son genou solide, et buvait tranquillement son café.

Quand Papa s'en allait travailler, Mama lavait la vaisselle que Delia essuyait et rangeait. Delia fumait, secouant la cendre de ses cigarettes dans les sacs de papier brun qui servaient de sacs poubelle, près du réfrigérateur. Mama se sentait mieux quand Papa était parti, elle n'avait plus à se faire de souci pour son humeur, et Delia redevenait la sœur qu'elle avait été quand toutes deux étaient seules. Delia vous aidait, toi et Amy, à vous préparer pour l'école. Mama remarquait avec quel soin Delia arrangeait la robe d'Amy et comme elle s'appliquait à bien te coiffer et elle en concluait que Delia vous aimait. Puis Delia proposait à Mama de lui servir son petit déjeuner, et Mama refusait parce qu'elle ne prenait jamais de petit déjeuner, ou bien Delia offrait à Mama de lui verser une tasse de café, et Mama la laissait faire. De temps en temps, durant la journée Delia disait à Mama de s'asseoir, de se reposer un peu et elle la remplaçait un moment dans ses tâches quotidiennes.

Une fois elle a demandé :

— Mae Ellen, peut-on savoir à l'avance si un homme vous traitera bien ?

C'était au cours d'une conversation sérieuse, dans l'après-midi, tandis que toutes deux s'affairaient à étendre une quantité de serviettes dc toilette que Mama avait lavées. Mama a ôté les pinces à linge de sa bouche pour répondre.

— Personne ne vous traite bien tout le temps.

— Mais les hommes, on dirait que plus ils sont censés être bons pour vous et plus ils vous traitent mal. Comme le fait Carl.

— Je pense que tous les hommes agissent comme ça.

— Même Bobjay ? Il t'a déjà trompée ?

— Pas que je sache.

Mama a rejeté ses cheveux en arrière, observant le ciel aussi net que sa table de cuisine et bleu comme des yeux de bébé. Elle a ajouté :

— Mais je ne serais pas surprise si j'apprenais qu'il l'a fait.

Delia a ricané.

— Pourtant, dans sa famille, les gens sont si *convenables*. Bobjay n'admettrait jamais que dans sa famille à lui on puisse faire quelque chose de moche comme tromper un conjoint.

— Bobjay n'aime pas ma famille, a dit Mama. Il l'a jamais aimée et il l'aimera jamais.

— Il devrait pas parler de nous comme si on était une sorte de poison.

— Je ne sais pas pourquoi il dit ça. Mais quand je lui demande de se taire c'est pire. J'en suis à toujours éviter de mentionner Mama ou Corrine ou n'importe qui d'autre. Ça suffit pour le lancer et pas moyen de l'arrêter et je peux pas supporter.

Delia continuait machinalement à épingler les serviettes sur le fil.

— Tu lui as jamais été infidèle ?

— Non, a dit Mama. Je ne ferais jamais ça.

— Jamais ?

— Comment est-ce que je pourrais regarder mes petits en face et les élever pour qu'ils agissent bien ?

— Parfois Bobjay laisse entendre que tu l'as fait.

Quand Mama lui a demandé pourquoi elle disait ça elle est restée silencieuse, observant la rangée d'arbres au travers des champs, un vent léger soulevant ses cheveux. Au bout d'un moment elle a dit que c'était juste une impression qu'elle avait quelquefois.

Après cette conversation, Mama s'est posé des questions au sujet de Délia. Il lui est venu à l'idée que Papa avait peut-être raconté à Delia l'histoire du photographe. L'après-midi, Delia s'asseyait dans la salle de séjour et elle regardait par la fenêtre ou bien se tournait vers l'écran de la télé, parlant à Mama de temps en temps, sérieusement, de la santé de leur mère, ou de Raeford qui buvait de plus en plus, ou de leur nièce Katy qui allait avoir un bébé, mais plus souvent de Carl Edward, le fiancé de Delia et de la négresse sous l'appentis. Rien ne lui avait jamais fait autant de mal, disait Delia. Cette négresse braillant comme un porc qu'on égorge, remontant ses jambes noires comme la nuit aussi haut que le dos de Carl Edward, et lui avec sa salopette descendue aux genoux. Delia avait couru vers sa Mama et elle avait pleuré. Sa famille, c'était tout ce qu'elle avait au monde. Elle aurait battu Papa quand il disait ces horreurs à propos des Tote ; elle avait dû se retenir pour ne pas sauter sur lui. Mama disait qu'elle aussi ça la mettait en colère mais qu'elle préférait se taire. Elle n'ignorait pas que ses parents avaient fait ce qu'ils pouvaient, vu le peu qu'ils avaient. Mais Papa ne pouvait pas comprendre. Il avait été élevé différemment. Si elle le rembarrait ce serait encore une dispute et Dieu sait qu'il y en avait déjà eu assez.

Quand Papa rentrait à la maison, Delia était très différente. Soudain elle n'avait plus le moindre souci, elle plaisantait et riait et racontait tant d'histoires drôles que tout le monde était ravi. Mama riait elle aussi parce que vous les enfants vous étiez heureux et vous faisiez un peu les pitres et elle trouvait qu'ainsi vous deveniez presque semblables aux autres enfants. Mais elle n'avait pas confiance en la bonne humeur de Delia. Elle n'aimait pas les regards que Papa lançait à Delia tandis qu'elle bavardait et plaisantait. Et en particulier elle n'aimait pas que Delia ne cesse de dire à Papa qu'il était bel homme.

Ce soir-là, au moment d'aller au lit, Papa a dit qu'il était content que Delia soit venue en visite. Cela faisait bien longtemps qu'il s'était amusé de la sorte. Mama a dit que ça se voyait clairement. Papa, qui déboutonnait sa chemise, s'est arrêté, l'a regardée.

— Qu'est-ce que tu entends par là ?

Mama a murmuré :

— Je ne sais pas trop. Je suppose que je suis jalouse. Tu fais tant de cas de Delia. T'as dit que dans ma robe de mariage elle était plus jolie que je l'avais été, moi.

— J'ai jamais dit ça, a protesté Papa.

— Tu l'as dit. Tu as dit que si tu l'avais vue dans cette robe à l'époque c'est probablement elle que tu aurais épousée, a rappelé Mama.

Il l'a contemplée, a haussé les épaules, comme s'il doutait vraiment de son bon sens.

— Toi et toute ta famille, vous n'avez que des cochonneries en tête.

— Ma famille n'a absolument rien à voir avec ça, a dit Mama en se mettant au lit.

Papa a éteint la lumière mais il n'est pas venu tout de suite se coucher. Il est resté dans l'obscurité, près de la fenêtre, à fumer une cigarette. Il a écrasé son mégot sur le rebord et s'est allongé auprès de Mama. Elle attendait, mais il ne l'a pas touchée, n'a pas prononcé un mot. Elle s'est sentie plutôt bête et elle était sur le point de s'excuser quand il s'est éclairci la gorge et a déclaré froidement :

— De toute façon, ça n'est pas qu'elle est mieux que toi dans cette robe. C'est juste que je t'aime tellement dans ta robe rouge.

Peu de temps après il s'est endormi. Ce genre de choses, ça ne le troublait pas. Mais Mama est restée longtemps les yeux ouverts dans le noir.

Le lendemain, Mama a trouvé difficile de bavarder avec Delia. Elle s'est surprise à jeter de temps en temps des coups d'œil à sa sœur, se demandant à quoi elle pensait, se demandant pourquoi elle observait Papa avec cet air si détaché. C'était le mardi précédant Thanksgiving. Rien d'inhabituel au petit déjeuner, Papa a avalé ses œufs brouillés sans un mot de remerciement, il a rapporté à Delia une plaisanterie douteuse qu'il avait entendue la veille à son travail, et sourit béatement quand Delia s'est exclamée qu'il était un vrai numéro. Papa a demandé à Delia combien de temps elle comptait rester et Delia a répondu qu'elle n'avait encore rien décidé. Mais elle ne manquerait sûrement pas le bon dîner que Mama préparait pour Thanksgiving. Mama a caché une grimace derrière sa tasse de café, elle était honteuse de penser qu'elle aurait voulu que Delia s'en aille le jour même.

C'était le dernier jour de classe avant les vacances de Thanksgiving et Amy et toi vous étiez ravis. Tout en mangeant votre porridge vous parliez de choses et d'autres, l'école, les maîtres, la chance qu'il y avait de voir tomber la neige, et Mama a déclaré que vous étiez les plus incorrigibles bavards qu'elle ait jamais entendus. Elle s'est tenue sur le seuil de la porte et ne vous a pas quittés des yeux jusqu'à l'arrivée du bus de ramassage scolaire. De toute la journée vous n'avez pu oublier son air triste.

Elle a fait le ménage, aidée par Delia, tout en conversant tranquillement. Sans que Mama lui ait rien demandé, Delia a préparé le déjeuner : des toasts au fromage frits dans le beurre et une soupe aux pommes de terre bien chaude. Ça a rappelé à Mama son enfance, les repas que préparait sa mère, Elles ont encore bavardé, tandis que la télé bourdonnait dans la pièce voisine. L'après-midi a passé lentement. Delia a voulu savoir s'il y aurait une dinde pour Thanksgiving, Mama a dit que ce serait un poulet parce que la dinde coûtait trop cher.

— On a tellement de factures à payer, a dit Mama. Et d'ailleurs toutes les volailles se valent.

En rentrant à la maison, Amy et toi, vous les avez trouvées dans la salle de séjour, Delia les cheveux en bigoudis, une cigarette au bout des doigts, soufflant dans l'air un ruban de fumée. Mama pelait des pommes de terre, en tenant le pot entre ses genoux. Elle regardait un jeu télévisé où des gens juste comme elle gagnaient en un clin d'œil des milliers de dollars. Amy et Delia ont parlé de bigoudis. Amy voulait que Delia lui en mette.

— Sauf que je te laisserai pas les rouler aussi serré que la dernière fois. J'ai eu mal à la tête toute une semaine.

Toi, Danny, tu es allé dans la cuisine pour boire un verre de thé froid et il y avait Allen et Duck qui mangeaient des petits biscuits au beurre de cacahuète que Mama avait faits. Tu as bu du thé et mangé des biscuits avec eux. Et puis Mama est venue mettre les pommes de terre dans l'eau, elle a passé la main dans tes cheveux et elle a demandé :

— Tu es content de ne pas avoir d'école demain ? Est-ce que la maîtresse a donné beaucoup de devoirs de vacances ?

Tu as fait la grimace :

— Elle nous a donné des mots à apprendre. Il faut qu'on écrive une histoire sur n'importe quoi, mais en employant les mots du vocabulaire qu'on a pour la semaine prochaine.

— Et c'est dur ? A moi il me semble que ça peut être drôle.

— Même si c'est dur faut le faire.

Mama t'a souri et elle a dit :

— Je t'aiderai à inventer une histoire. Quand j'allais en classe j'avais un tas d'idées.

— On a aussi plein d'additions. Mais j'ai fait presque tout dans le bus. Et on doit lire ce qu'il y a d'écrit sur cette île, dans le livre de géographie.

— Si tu travailles bien, tu auras des spaghettis, ce week-end. Il faut que tu sois savant pour aller au collège.

— Danny est trop intelligent, ça lui monte à la tête, a crié Amy de la salle de séjour. Les maîtres aiment pas ça.

— Ferme-la. Tu me cherches.

— Si je te cherchais, je m'arrangerais pour pas te trouver, t'es trop moche.

— Assez, vous deux, a dit Mama. Vous avez fini de vous dire des bêtises ?

Elle t'a envoyé jouer dehors avec Allen et Duck, du côté de la maison opposé à la chambre où dormait Grove. S'il vous avait entendus jouer il aurait voulu sortir lui aussi, et elle préférait qu'il reste tranquille jusqu'à ce qu'il n'y ait plus cet épanchement de sang dans son coude. Delia a installé Amy dans la cuisine sur une chaise devant l'évier pour lui laver la tête. Au bruit de leurs rires Mama a quitté la pièce.

Papa est rentré tôt du travail et Mama lui a servi une tasse de café. Il s'est assis dans la cuisine pour la boire tout en regardant Delia glisser des pinces à cheveux dans les boucles d'Amy, souples et mouillées. Mama lui avait demandé de s'arrêter à l'épicerie pour acheter quelques petites choses ; aussi, au bout d'un moment, elle a dit :

— Tu n'as pas rapporté ce qui me manque pour le dîner. Je n'ai plus de sel. Ce sera immangeable.

— J'ai pas oublié, a dit Papa. Mais je ne suis pas passé devant la boutique, j'ai pris par la route de la rivière.

— Il me faut du sel.

— Râle pas. Laisse-moi seulement me reposer une minute. Je vais y aller directement et te rapporter ce que tu veux.

— Tu vas faire des courses ?

Delia, le peigne au bout de sa main levée, regardait Papa fixement. Et elle a dit encore :

— Je peux aller avec toi ? J'ai besoin de shampooing et d'autres trucs.

— Du shampooing, y en a ici, a dit Mama. Ne gaspille pas ton argent.

— T'as pas celui que je veux. Avec conditionneur.

Papa a sorti une cigarette du paquet et l'a allumée.

— Ça me fera pas de mal d'avoir un peu de compagnie.

Delia a expliqué à Mama :

— Il me faut aussi certaines choses qu'on peut pas demander à un homme d'acheter.

Elle a souri à Papa et il a souri en réponse. Mama s'est tournée vers l'évier. Par la fenêtre elle a contemplé la lente contraction du halo coloré, autour du soleil couchant. Elle a entendu Delia déclarer :

— Ça fait trois jours que je suis pas sortie de cette maison.

— Moi ça fait deux semaines, a dit Mama, d'une voix si calme qu'on l'entendait à peine. Je peux aller nulle part. Je peux pas me procurer une foutue batterie pour cette voiture. Moi je peux rien faire.

Personne n'a répondu. Elle a fait couler l'eau sur les pommes de terre et a allumé le gaz sous la casserole. S'essuyant les mains sur son tablier, elle a disparu vers la pièce du fond où Grove dormait, sur son lit étroit. Elle s'est étendue à côté de lui, le visage contre la couverture.

Elle n'entendait que sa respiration dans le silence soudain de la maison. Le petit visage pâle de Grove, tourné vers le plafond, la faisait se sentir très triste. Elle a murmuré :

— Son enfant. Son gamin. Il le connaît à peine.

Elle en avait mal jusque dans le ventre et elle ne comprenait pas trop pourquoi. Elle s'est recroquevillée et ainsi blottie sur le lit, se sentant très seule elle a entendu s'ouvrir la porte de la cuisine, et un bruit de pas et des rires, et un camion qui démarrait. La pièce où elle se trouvait était à peine éclairée par un reste de la lumière du jour. Elle s'est approchée de la fenêtre pour voir le camion s'éloigner, mais elle n'a pu distinguer le visage de ses occupants à travers le pare-brise sombre.

C'était en elle comme une grande déchirure. Elle tentait de se raisonner. Delia était allée faire les courses avec Papa. Quel mal y avait-il à ça ? Soudain elle a eu l'impression qu'avec Papa les choses en étaient arrivées à un point où elle se trouvait à nouveau sur la corde raide. Elle se souvenait de ce qu'il avait dit au sujet de la robe rouge. Elle se demandait s'il s'obstinait à ne pas remplacer la batterie de sa voiture afin de l'empêcher de sortir. Il préférait rapporter lui-même les provisions que se demander où elle allait quand lui était au travail. Une femme devait rester au logis et tenir la maison et s'occuper des enfants, disait-il, et elle répondait que bien sûr les hommes ne se sentaient rassurés que lorsqu'ils gardaient les femmes enfermées.

Mais Delia. Se pouvait-il qu'elle ait raison de prêter à sa sœur de mauvaises intentions ? Ou était-ce simplement que Mama venait, comme l'avait dit Papa, d'une famille vulgaire qui voyait le mal partout ? Etendue sur le lit elle s'imaginait le camion filant sur la grand-route, entendait le rire de Delia recouvrant le bruit du moteur.

Amy est entrée dans la chambre, elle s'est assise au bord du lit, elle a murmuré :

— Tu dors pas ?

— Non, ma chérie.

— Delia a encore trop serré les bigoudis. Tu veux bien les arranger, Mama ?

Ça lui a remis les idées en place. Elle a respiré un bon coup, sentant tout près d'elle le corps tiède de l'enfant, écoutant le souffle du bébé contre l'oreiller. Les sons, la tiédeur, ça lui a redonné des forces. Elle s'est assise en disant :

— Allons dans l'autre pièce. Pour pas risquer de réveiller Grove.

Quand le camion est rentré dans la cour, elle s'était convaincue de s'être montrée stupide, si elle n'avait pas une grande confiance en son mari elle devait du moins se fier à sa sœur. Elle s'efforçait de ne pas calculer combien de temps ils avaient été partis ; elle a simplement tenu la porte ouverte pour laisser entrer Delia et a pris le sac de papier brun que portait Papa qui s'est penché et lui a mis un baiser sur la joue. Elle a dit :

— Assieds-toi. Et toi aussi, Delia. J'ai de l'eau sur le feu pour le café.

Papa s'est assis mais Delia s'est dirigée tout droit vers la salle de bains. Mama, à travers les cloisons, a entendu l'eau couler. Elle a mis une cuillerée de café en poudre et de l'eau chaude dans la tasse de Papa et a remué avec une cuiller qui a tinté contre la faïence. Mais quand elle a ouvert le sac elle n'a pas trouvé le sel. Elle a dit :

— Tu n'as pas tout pris. Y a pas de sel. Y a pas non plus de saindoux.

Dans la salle de bains, Delia a tiré la chasse d'eau.

— On a un autre sac, C'est Delia qui le portait. Elle a dû l'oublier dans le camion.

Mama a touché tendrement le visage de Papa.

— Je suppose que tu es fatigué. Reste assis tranquillement à boire ton café. Je vais chercher ce sac.

— Non, laisse...

— Ça me fera du bien. J'ai besoin de prendre l'air.

Son cardigan pendait à la clenche de la porte. Elle l'a enfilé et a ouvert la porte avant que Papa se soit levé. Pourquoi la regardait-il d'une aussi étrange façon ? Ne voyait-il pas qu'elle s'efforçait de se faire pardonner ses soupçons ? Sous la véranda, elle s'est arrêtée pour toucher la terre de ses plantes en pot. Demain il faudrait les arroser. Ouvrant largement la porte elle a respiré l'air pur de Novembre. Elle s'est avancée, souriant dans le froid. La poignée de la portière du camion lui a glacé les doigts, et elle a eu quelque peine à la débloquer. Elle a vu le sac, sur la boîte à outils de Papa, sur le sol du camion.

Le siège avait été débarrassé de tout ce qui l'encombrait. Pourquoi ?

Mama a soulevé lentement le sac, puis elle l'a reposé. Un étrange pressentiment l'a envahie. Se courbant, avec la détermination de qui entend un message, elle a cherché sous le bord du siège.

Quand elle a touché l'objet l'angoisse l'a saisie jusqu'au cœur. Elle n'avait jamais vraiment pensé... La sensation éprouvée était très différente de ce qu'elle attendait. Elle tenait à la main l'objet flasque, encore chaud. Elle l'a soulevé vers la lumière. Un sac de semence visqueuse.

Comme c'était simple. Ça n'avait probablement pas pris longtemps.

Elle ne devait pas oublier les provisions. Portant le paquet sur son bras replié, elle marchait sans se presser vers la maison, vers son mari, vers sa sœur qui déjà rassemblait ses affaires. Elle murmurait :

— Delia, Delia...

Elle avançait dans l'air limpide, transportant à plat sur la paume de sa main l'objet suintant, lorsque Papa le premier l'a vue par la fenêtre de la cuisine.

Delia a pris ce soir-là l'autocar en direction de Pink Hill. Pour ce qui est de la dinde traditionnelle de Thanksgiving elle a dû se contenter d'un sandwich du distributeur, à la gare routière de Rocky Mount.

5

L'odeur de poulet rôti emplit la maison. Papa est resté longtemps assis, tranquille, mais à présent il se baisse pour mettre ses chaussures. Ça fait longtemps qu'il a appris à nouer les lacets d'une seule main, sans demander de l'aide. Il enfonce dans sa poche le paquet de cigarettes. Il contourne la chaise, s'approche de la porte. Donc il va sortir et déjà tu respires mieux.

Mais quand il ouvre la porte Mama se précipite dans la pièce, en s'essuyant les mains avec une serviette. Elle demande :

— Tu vas te promener ?

— J'irai si ça me chante, dit Papa, regardant la route.

— Tu veux pas ton manteau ? Ou tu as l'idée de quelque chose d'autre qui te tiendra chaud ?

Papa ouvre d'un coup de pied la porte grillagée.

— Il fait pas assez froid pour un gros vêtement.

— Non, mais assez froid pour une bouteille, pas vrai ?

Papa fronce un peu plus les sourcils et son regard te fait peur.

— Continue, dit-il et t'étonne pas de ce qui va t'arriver. C'est jour de congé. J'ai pas l'intention de me laisser dire ce qu'il faut faire ou pas faire.

— Eh bien cours. Cours à ton camion. Tu crois que je ne sais pas où tu caches ton whisky ? Juste derrière le siège dans un petit sac de papier brun.

— J'ai jamais prétendu que j'avais des secrets. Tu fourres ton nez partout.

— Pourquoi t'as pas le courage de l'apporter dans la maison ? Je vais te dire pourquoi. Tu sais bien que je le verserais illico dans l'évier. Et même toi tu pourrais pas en acheter aujourd'hui, le jour de Thanksgiving.

Papa fait claquer la porte derrière lui. Tu entends décroître le bruit de ses pas et aussi son sifflement. Quand Mama se retourne, il n'y a plus trace de colère dans ses yeux. Elle met la main sur l'épaule d'Amy et demande calmement à Grove comment va son bras, et s'il a besoin d'un peu plus de glaçons. Sa voix est douce et sèche comme le vent dans les tiges de blé. Tous vous l'observez, tous vous voudriez lui dire que ce que fait Papa ça n'a pas d'importance. Il peut boire ça vous est bien égal. Tout vous serait bien égal si elle n'avait plus cet air qu'elle a maintenant.

— Je t'en prie, Mama, te tourmente pas, Papa on s'en fiche, dit Amy.

— Faudrait pas de Thanksgiving et comme ça il travaillerait tout le temps, dit Allen.

— J'ai même pas faim, dit Duck.

Mama va vers la cuisine en pliant la serviette.

— Moi non plus j'ai pas faim. Toutes ces bonnes choses qui cuisent et personne sera capable d'avaler une seule bouchée.

Tu entends à nouveau des pas sous le porche. Dehors, Papa se racle la gorge et crache et le bruit te fait peur, te le fait haïr si fort que tout ton corps tremble, tu t'imagines que ta haine resserre ton papa en une petite boule et il meurt et il rétrécit encore à la brûlure de ta haine, devient noir de fumée, une feuille morte ou un brin de cendre que le vent emporte. Mais ton imagination ne peut rien contre lui. Quand Mama l'entend manœuvrer la clenche elle disparaît dans la cuisine. Papa tape des pieds sur les lattes du plancher. Un vent froid pénètre dans la pièce. Les flammes du radiateur à gaz vacillent, réduites à presque rien. Papa referme la porte. Ses vêtements sentent le whisky. Il titube un peu et se laisse tomber lourdement dans le fauteuil. Il a l'air stupide, hébété. Il fouille dans sa poche, en sort une cigarette et l'allume maladroitement. Il projette la cendre sur le plancher. Amy lui lance un coup d'œil où elle met toute sa hargne, Elle dit :

— T'as un cendrier à côté de toi.

Il se tourne vers elle, et elle s'efforce de soutenir son regard. Il demande d'une voix pâteuse :

— Qu'est-ce que tu racontes ?

Elle reste parfaitement immobile, le visage sévère.

— J'ai dit que t'as ici un cendrier. Pas de raison de jeter la cendre sur le plancher.

Papa se penche vers Amy.

— Pour qui tu te prends ? Tu te crois ma foutue mama ?

Amy rougit un peu et secoue la tête.

— Réponds-moi, petite garce. Tu te crois ma foutue mama ?

— Appelle pas ma sœur comme ça, dit Grove qui se redresse vivement en maintenant son bras meurtri dans les glaçons. C'est pas une garce. C'est toi qui...

Papa lui jette un coup d'œil de côté. Il avance le buste comme pour se lever.

— Je supporterai pas ce genre de discours de merde.

Mama vient jusqu'au seuil de la porte, son ombre se projette sur le divan. Amy qui tremble de colère saisit du bout des doigts la jupe de Mama, Mama dit :

— Grove, allonge-toi.

— Sale petite conne qui pense qu'elle peut me fixer de ses quinquets avec l'air de vouloir me couper la gorge, et qui me fait la leçon comme si j'étais son môme.

Le sang lui monte à la tête. Il pointe du doigt vers Amy.

— Recommence, salope. Répète pour ta Mama, elle sera fière de toi.

Amy baisse la tête, respirant à grands coups.

— Redis-moi ce que je dois faire. Allons, regarde-moi encore tout pareil, petite pute. Je suis toujours ton foutu père et...

— Tu te conduis pas comme un père, dit Mama très pâle, sans élever la voix, mais se plaçant entre Papa et Amy. Tu devrais avoir honte de terroriser tes gosses.

Papa se tourne à présent vers Mama, rouge de fureur.

— Y en a une qui cherche la bagarre, dit-il à voix basse. Celle qui apprend aux gamins à s'adresser à leur père comme on parle à un chien. Reste pas là pour me dire ce qu'il faut faire comme si j'étais un rien du tout.

— Ce que je te dis, répond Mama, c'est que je veux pas que tu t'attaques à mes enfants quand tu as bu. T'as compris ?

— Si tu t'entendais ! Une vraie mégère.

Elle repousse ses cheveux, Bravement elle fait front :

— Tu penses que je plaisante ? Tu veux être leur père, eh bien agis comme un père. Laisse-les profiter de leurs jours de vacances comme les autres gosses, ne rentre pas à la maison ivre et prêt à tout casser et en les effrayant si fort qu'ils ne savent où ils en sont.

— Qui a commencé ? Toi, avec ton esprit mal tourné. Si tes enfants ont peur c'est bien ta faute.

La colère de Mama s'est changée en mépris. Et après une grimace comme si elle s'apprêtait à cracher :

— T'es qu'un infect menteur. C'est pas mon esprit mal tourné que j'ai sorti de votre camion, m'sieur. Tu veux voir ce que j'ai encore trouvé ? Tu veux que je montre ça à tes enfants et que je leur dise ce que c'est ?

— Continue à baratiner, ma petite. Tu vas bientôt le regretter.

— Je peux pas avoir grand-chose de plus à regretter.

— T'es aussi dingue que le reste de ta foutue famille.

— Qu'est-ce que tu sais de ma famille à part ce que tu veux savoir ?

— Je sais que tes sœurs sont des putains.

— Et les tiennes ?

— Je sais que ton gros cul de mama se fait sauter par les nègres. T'es noire pour moitié, probable.

— T'as fini de parler comme ça devant les enfants ?

— M'en fous, des enfants. Prouve le contraire. Vas-y. Moi je dis que ta mama baise avec les nègres. Je dis que t'es noire pour moitié.

— Mama n'a jamais...

— Elle a baisé avec un nègre, elle a baisé avec un nègre. J'ai entendu ton père le raconter. Toute ta famille baise avec les nègres. Delia vient juste de surprendre son couillon de fiancé qui baisait avec une négresse.

Mama dit tranquillement :

— Delia ?

Papa rougit.

— En ce qui concerne Delia, on est au courant, pas vrai ?

Papa se tourne vers le radiateur avec une moue boudeuse. Mama rit.

— Voilà que tu trouves plus rien à dire. Ma famille est de la merde ? Et toi, t'es quoi ? Delia t'a montré ce que tu es, non ?

Entre ses dents, Papa réplique :

— Tu ferais peut-être mieux de retourner dans ta cuisine et d'en finir avec ton foutu dîner de Thanksgiving.

— Qu'est-ce qui se passe ? T'en as assez de tes grands discours ?

— Je te dis de filer à la cuisine. Crois-moi, c'est pour ton bien.

— Mama je t'en prie, va-t-en, chuchote Allen.

— Tais-toi, mon petit. Il me fera pas de mal.

— T'as intérêt à écouter ton fils, dit Papa.

Le regard étincelant, Mama répond :

— J'ai pas peur de toi.

Mais quand il se lève, elle recule vivement. Il rit, c'est un rire affreux qui résonne contre les murs.

— Oh non, t'as pas peur, n'est-ce pas ! Regardez comme elle est brave. Alors, pourquoi t'as reculé, Baby ? Tu crois que ton mari veut te battre ? Je venais juste chercher une petite bise.

— Je sais de quel genre de baiser il s'agit.

— Viens donc m'en donner un, chérie. Allons. T'es celle qu'a peur de rien, pas vrai ?

Son rire encore, le gros rire qui vous pénètre jusqu'à l'os, et sa figure se tord, entre la rogne et le sarcasme.

— T'inquiète pas, ma belle. Je suis pas encore prêt. Je vais pas me salir les mains à toucher quelqu'un d'aussi dégueulasse.

Brusquement, il se tourne à nouveau vers la porte, s'avance, s'arrête un moment la main sur la clenche.

— Faut que tu boives un coup d'abord, c'est ça ? dit Mama en contournant le fauteuil. Juste un petit coup de plus et tu seras assez brave.

— J'ai pas besoin d'alcool pour te dresser.

— Laisse-moi rire. Si t'en as pas besoin, pourquoi tu cours à ton camion tous les quarts d'heure ?

Dans la lumière douce, les yeux de Papa te font penser aux poupées de ta sœur. Des yeux fixes, vitreux, sans expression.

— Je reviens et on verra qui parlera le plus fort, dit-il en se glissant dehors.

Il se retourne et ricane et Mama lui claque la porte à la figure. Elle pose la main sur le verrou.

— Je devrais fermer ça, dit-elle. Je devrais l'obliger à défoncer la porte ou à rester dans le froid jusqu'à geler sur place.

Mais elle renonce. Elle vient vers nous sans nous voir. Duck marmonne :

— Je le déteste. Je voudrais qu'il soit mort.

— On souhaite tous la même chose, dit Amy. Et à quoi ça sert ?

— A rien, dit Mama, frissonnante.

Du dehors vient le bruit assourdi de la portière du camion qui s'ouvre et se referme. En l'absence de Papa tu respires, tu respires...

— Il s'arrêtera pas, aujourd'hui, dit Allen.

Amy caresse les cheveux de Grove.

— Comment tu te sens, mon bébé ?

— Je voudrais qu'il parte, chuchote Grove.

Duck s'allonge sur le divan à côté de lui et doucement l'embrasse. Tu sens leur chaleur autour de toi. Mais ça ne fait guère de différence. Quand tu laisses aller ta tête et que tu fermes les yeux tu voudrais voir la rivière, les arbres qui se courbent et se redressent, tu veux rêver que tu n'as plus de famille, qu'ils sont tous morts, mais tu demeures prisonnier de cette maison.

Tu ne réussis pas à te fabriquer un rêve aussi réel que le réel mais tu ne peux non plus rester assis, immobile. Tu ne veux pas être dans cette pièce quand ton père rentrera. Alors tu vas dans la cuisine. Mama est devant l'évier.

Elle regarde à travers la fenêtre, elle regarde quelque chose, parmi les arbres, et ses yeux sont cernés et sombres. De ses doigts blancs elle masse les veines de son cou. Elle t'a vu et tu murmures que tu viens simplement chercher un peu d'eau, et elle s'écarte pour te faire de la place. Tu te sens en sécurité dans sa chaleur et sa plénitude. Tu te dresses sur la pointe des pieds pour atteindre un verre que tu remplis d'une eau claire qui a bon goût.

Dehors, la portière du camion est claquée violemment.

— Si seulement il s'en allait, dit-elle. Pourquoi il nous quitte pas puisqu'il nous déteste ?

Les pas dans la cour. La porte de derrière qui s'ouvre et se referme.

Tu te croyais en sécurité dans la cuisine avec Mama mais c'est par là qu'il va entrer.

Ses pas dans la véranda. Sa voix.

— J'espère que tu n'as pas fermé cette porte à clef, ma douce.

Effrayée, Mama recule loin de la porte, et toi aussi, jusqu'au fond de la pièce, près de la table du dîner.

Quand s'ouvre la porte de la cuisine tu vois, au-dessus de la frêle épaule de Mama, son visage congestionné.

Il n'a pas encore refermé la porte que déjà il lance :

— Bon Dieu, t'aurais pas l'intention de me claquer aussi cette porte à la figure ?

Il est si près. A côté de lui, sur le fourneau, le repas de Thanksgiving mijote, dégageant de bonnes odeurs.

— Va dans le séjour et assieds-toi, Bobjay, dit Mama. Faut que je finisse de préparer le dîner.

Papa s'avance vers elle. Mama recule.

— Ce que tu dois faire je m'en branle, dit-il. Est-ce que tu t'imagines que tu vas te pavaner comme une reine et me reluquer de haut et me donner des ordres ? Non, ma salope. Essaie un peu de me claquer encore la porte au nez, Grande Dame.

— Je t'ai rien fait. Va dans l'autre pièce.

— T'as peur, maintenant ? La putain de Grande Dame, elle a finalement peur de quelque chose ?

— Tu voudrais bien, n'est-ce pas ?

Elle passe la main dans ses cheveux et reprend :

— Va t'asseoir. T'as prouvé que t'es un homme, un vrai.

— Bon Dieu, non. J'en ai pas fait assez. Je veux que tu me claques une autre foutue porte à la figure. Je veux que tu te conduises comme si tu étais le mec ici, juste une fois de plus, et alors je me charge de t'apprendre...

— Faut que je fasse le dîner, Bobjay, j'ai pas le temps de...

— Tu peux te le foutre quelque part ton dîner.

Il s'approche. Mama s'aplatit contre le réfrigérateur, et dans sa voix maintenant on entend de l'effroi. Elle demande, toute tremblante :

— T'as pas faim, Bobjay ?

Tu ne vois pas son visage mais tu sais ce qu'elle regarde, tu sais qu'elle ne peut pas, n'ose pas, détourner son regard de ce poing qui se balance au-dessus d'elle, cette seule main qu'il a, Papa.

— Tu veux pas dîner, Bobjay ? Va t'asseoir, ce sera prêt dans une minute.

— Alors t'en as déjà assez de la bagarre ? J'ai cru que t'avais si fort envie qu'on s'engueule que tu pouvais plus tenir.

— J'ai jamais voulu qu'on s'engueule. Je voudrais simplement que tu me laisses tranquille.

— Tu parles comme je vais te laisser tranquille, espèce de garce qui me claque la porte au nez. Il est grand temps que je te l'apprenne ; ici tu fais ce que je dis !

Il hurle et la serre de si près qu'elle n'a aucune chance de s'échapper. Tes frères et Amy se rassemblent à la porte, lui criant d'arrêter ; Mama sanglote et Papa se penche vers elle, hurlant toujours :

— Merde à toi et à ta putain de sœur et merde à ces mômes geignards et merde à ton dîner de merde.

Mama ne peut rester plus longtemps sans réagir, elle tente

de s'éloigner. Il n'attendait que ça, elle crie, épouvantée, quand la main prend son élan et tu entends l'horrible bruit du choc contre son visage. Sa tête heurte la porte du réfrigérateur. Elle jette encore un cri bref et aigu et elle ferme les yeux ; les pieds chaussés de lourds rangers martèlent ses jambes et elle s'affaisse lentement jusqu'au sol ; alors Papa se tourne vers le fourneau et envoie valser les casseroles à travers la cuisine, projetant à l'entour l'eau bouillante et la vapeur, les pommes de terre, les haricots, sur le visage et les genoux de Mama, sur tes bras, sur la culotte d'Allen. Papa crie si fort qu'on croirait que ce bruit qu'il fait va le fendre en deux. Il se dirige à nouveau vers Mama, recroquevillée, douloureuse, au milieu de tout ce saccage, mais cette fois, quand la jambe de Papa prend son élan pour lui porter un autre coup elle se redresse. Elle a dans les mains les pommes de terre fumantes, elle sent à peine que ça brûle. Elle les plaque contre le visage de Papa et il sursaute en hurlant ; ça pourrait permettre à Mama de s'échapper mais les pommes de terre sont tombées et la font trébucher. Le temps qu'elle retrouve son équilibre et déjà Papa a bondi vers elle.

Amy se précipite pour ouvrir la porte de la pièce voisine. Mama fonce dans la chambre, en jetant un regard en arrière et elle a l'air d'un animal apeuré quittant le couvert du bois pour traverser un champ, la meute des chiens à ses trousses. Papa la suit de près, tu les entends traverser les chambres, tu as tout juste le temps d'ouvrir la porte de derrière pour que Mama puisse fuir dans la cour. Tu fais claquer le battant aussi fort que tu peux contre les genoux de Papa et toi et tes frères vous filez dehors, mais Papa est sur vos talons et il gagne du terrain. Pas très loin devant vous, Mama a encore glissé dans l'herbe et elle s'arrête pour enlever le morceau de pomme de terre qui colle à sa semelle.

Quand Papa la rejoint elle s'est redressée, et il la frappe si durement que son cou se tord. Il la fait tomber et lui donne des coups de pied, les horribles godillots meurtrissent ta Mama si douce et tu pleures.

Un coup de pied, un autre. A la façon dont elle courbe

la tête tu crains qu'elle ne puisse plus bouger ; mais Papa dans son ivresse a perdu ses réflexes et plus rapide que lui Mama s'engouffre à quatre pattes sous le bord de la maison.

— Eh bien, claque-moi encore une porte dans la gueule, salope.

Le braillement s'élève, rauque et strident, jusque dans les arbres sans feuilles et les nuages.

Papa se tourne vers vous les enfants, à l'arrêt dans l'herbe, et rien qu'à voir l'expression sur son visage vous reprenez la fuite.

Tu entends Amy qui, du porche, s'efforce de diriger votre course et sous les semelles de Papa le froissement de l'herbe sèche ; tu entends aussi le lointain sanglot de Mama, sous la maison. Mais quand tu arrives de l'autre côté de la maison tu n'entends plus rien ; et tu te rends compte que toi seul a pris cette direction, toi seul te trouves à présent de ce côté, face aux champs silencieux et à la ligne bleue de la rivière, et à nouveau pour un instant ils sont morts, tous ceux de ta famille, tu es un orphelin qui contemple les pins et souhaite...

Mais quand tu fermes les yeux tu vois encore le cou de Mama qui se tord sous la gifle ; tu sens encore sur tes bras la brûlure de l'eau bouillante : et dans le vent qui gémit au travers des champs tu entends Mama, seule dans le noir, rampant comme un chien.

Tu t'es assis. En toi, plutôt qu'une douleur, il y a un grand vide. Tu t'essuies tout le temps les yeux avec ta manche, si tu arrêtes tu ne vois plus rien.

— Sors de là ! hurle Papa, et tu sais qu'il est tout près.

Tu entends Amy pleurer, dans la maison.

Queenie, que les cris ont troublée, vient jusqu'à toi en agitant mollement la queue, comme si elle n'était pas du tout sûre que tu sois disposé à la caresser. Tu ne bouges pas et elle avance son museau humide jusqu'à toucher ton visage, et tu te blottis contre la tiédeur de son corps.

La voix de Papa est plus proche. Si tu cours vers la porte de la maison il pourrait t'attraper.

Tu écoutes Mama ramper, haletante. Papa se tient hors de vue, juste à l'angle de la maison, et il ricane :

— Je t'entends, là-dessous.

L'herbe morte écrasée sous le cuir mort de la chaussure.

Tu laisses aller Queenie et toi aussi tu avances à présent, vif et léger, à quatre pattes, guidé dans l'obscurité par le bruit que fait Mama en respirant, parmi les toiles d'araignée et un milliard d'éclats de verre.

Quand Papa tourne au coin de la maison tu te caches derrière l'étai en béton. Dehors, une lumière, un mégot de cigarette tombe dans l'herbe et il l'écrase sous sa semelle. Tu te fais tout petit contre les blocs de béton juste à l'instant où il se baisse pour regarder sous la maison. Il est si près qu'il va t'entendre respirer. Il a posé la main sur le sol. Tu peux compter les poils sur le dos de sa main. Il marmonne :

— Où elle est fourrée ?

Et il crache par terre, mais hors de ta vue. Il se penche, son ombre tombe en travers de tes genoux. Tu t'aplatis contre les blocs, pétrifié, cœur battant la chamade. On dirait qu'il va rester là pour toujours, à l'écoute. Le vent geint là-haut, pris dans le filet des branches dépouillées.

Tu entends les sanglots hoquetants de Mama.

Papa crache encore une fois, se redresse et s'éloigne.

Tu progresses lentement dans la boue molle qui noircit tes bras jusqu'aux coudes, soucieux de repérer le moindre scintillement d'un morceau de verre, prenant garde de placer tes mains tendres là où c'est seulement de la boue.

Tu trouves un pied de poupée, creux, couleur chair. Tu trouves un pot de crème pour les mains, il est vide ; la lame rouillée d'une tondeuse, une vieille casquette de chasse rouge, le bord grignoté par les rats.

Mama ne fait plus guère de bruit. Mais tu finis par la découvrir, ombre plus pâle dans la clarté qui pénètre sous le bord surélevé de la maison. Elle est adossée à un autre pilier de soutien, les blocs de ciment la dérobent à la vue, du côté où Papa la traque.

Quand elle t'entend approcher elle a un brusque sursaut et lève la main pour lancer quelque chose.

Tu chuchotes :

— C'est seulement moi, Mama.

Elle te reconnaît sans exprimer le moindre soulagement la moindre curiosité, et non plus de tendresse. Elle a pour toi un regard indifférent qui te fait froid partout. Tu te dis que peut-être tu n'aurais pas dû venir. Les larmes ont séché sur son visage en y laissant des lignes pâles comme des cicatrices. Elle respire lentement et te contemple comme si tu étais très loin. Tu ne comprends pas bien ce que tu lis dans ses yeux mais tu n'oublieras pas ce regard fixe qui va se graver à jamais dans ta mémoire. Des yeux comme de la pierre glacée. Un regard qui se retire en dedans, loin de toi et de Papa, et même loin de cette saleté où elle est accroupie, bras croisés serrés contre son corps.

Tu as peur.

Sa bouche forme des mots que tu ne comprends pas.

Et puis, la voix rauque, elle demande :

— Il est toujours là ?

Tu chuchotes :

— Oui Mam'.

Elle trace dans la boue une ligne courbe. Un peu plus tard elle se tourne vers toi et tu comprends qu'elle revient d'un ailleurs où peut-être elle aurait voulu rester. Elle dit :

— Je ne sais pas quoi faire.

— Il viendra pas là-dessous. S'il essayait il serait vite coincé.

— Alors je suis censée passer toute la journée vautrée là comme un porc ?

La colère assombrit son visage. Tu réponds à voix basse :

— Non Mam'.

Elle te fait face et dans un effort de volonté elle te voit.

— Tu n'aurais pas dû venir ici, en rampant comme ça dans le noir. Y a trop de morceaux de verre

— J'ai fait attention.

Elle semble à peine t'entendre mais elle incline la tête. Se laissant aller contre le pilier de ciment elle a un vague coup d'œil au-dessus d'elle vers les planches grises. Elle met son pouce contre ses lèvres et ses yeux se remplissent de larmes. Elle redit le mot qu'elle a dit déjà, elle dit :

— Mama.

Et à l'entendre ton ventre se glace. Elle ferme les yeux et dit :

— Au secours, Mama.

Les mots te font frissonner. Elle se mordille le dos de la main. Son visage est comme une fenêtre ouverte avec la lumière qui entre. Quand elle appelle encore sa mère, tu te sens vide, tu te sens comme si tu n'étais jamais né, et ce que tu crains mais ne comprends pas c'est qu'elle souhaite que ce soit vrai ; elle réclame quelque chose qu'elle n'a jamais eu. Tu t'approches plus près, tes mains et tes genoux laissent des sillons dans la boue.

Tu murmures :

— Mama.

Elle te dévisage. Tu lui touches le bras légèrement. Juste un instant, car sa peau est froide et son regard te dit de ne pas presser trop fort, comme si toute la chair n'était que meurtrissure. Elle dit :

— Ça va, mon garçon. Ne t'inquiète pas.

D'autres paroles viennent de loin jusqu'à vous.

— Hello, chérie. Tu te figures que je ne te vois pas ? Eh bien, Baby, même si je ne te vois pas je sais exactement ce que tu fais.

D'un signe elle te demande de ne pas bouger et recule dans l'obscurité.

— Tu as ce salopard avec toi, pas vrai ?

Il rit, le son résonne sur les piliers, c'est donc qu'il est accroupi, ou penché presque au ras du sol. Tu t'es offert un salopard à baiser, pas vrai, Baby ? Qui te tient compagnie ? Je l'ai vu se glisser là-dessous.

Elle fronce le nez comme si les mots avaient une horrible odeur.

— C'est bon, mon Baby ? Je veux t'entendre gémir.

Au bord de la maison tu vois les jambes de tes frères jusqu'aux genoux. Et les jambes d'Amy qui passent à toute vitesse dans leur course vers le pignon. Elle s'accroupit et, même dans l'obscurité, elle sait exactement où te trouver. Tendant le bras vers le devant de la maison, elle énonce silencieusement un avertissement : Papa est là.

Tu murmures tout bas :

— Il est à côté du porche.

Mama incline la tête mais presse son doigt sur ses lèvres. Sa main réarrange les plis de sa robe. Elle frissonne. La robe a des manches courtes. Ses bras nus sont blancs de froid.

Tu te tournes vers Amy et tu croises les bras très fort comme fait Mama, et tu t'appliques à frissonner. Puis tu montres Mama du doigt. Encore une fois tu mimes des frissons, et Amy comprend, et bientôt tu entends là-bas battre la porte.

L'un après l'autre tes frères se courbent pour te regarder. Et soudain ils filent vers un coin de la maison. Tu murmures :

— Il vient de ce côté, Mama, il va te voir.

Et elle dit :

— Laisse-le. Laisse-le venir s'il veut, et m'attraper, à présent ça m'est égal. Mais sa voix porte à peine jusqu'à tes oreilles. Au bout d'un moment elle contourne le poteau jusqu'à se trouver du côté où Papa ne peut la découvrir.

Toi tu fixes du regard les pieds de Papa et le champ, derrière.

— Ça te plaît, là-dessous ? T'as pas peur de réveiller un serpent ? Je parie qu'y a plein de serpents nichés là où tu es.

Elle lisse avec soin ses cheveux et s'aplatit contre le pilier pour protéger son visage d'un contact avec le ciment rugueux.

— Quand on fourre le pied dans un nid de serpents, ils piquent, même en hiver.

Elle dit tout bas :

— Menteur. Oh menteur, menteur, menteur.

— En te traînant là-dessous, t'aurais pas mis la main dans de la crotte de chien ?

Elle serre les poings contre ses oreilles et secoue la tête quand elle entend à nouveau la voix rauque.

— T'étais vraiment jolie à voir, détalant à quatre pattes. C'est ta mama qui t'a appris à déguerpir aussi vite sous une baraque ? Sûr qu'elle t'a élevée avec les chiens. Je sais bien qu'elle était habituée à se tirer loin de son vieux...

Mama chuchote :

— Non, parle pas de ça.

— Tu m'as dit qu'avec elle il prenait le fouet. Pour la secouer un brin, la vieille truie, j'imagine. Fallait des coups de lanière pour l'obliger à le remuer, son gros cul.

Mama laisse échapper une plainte sourde qui te donne la tremblote.

— Ta mama était si grasse qu'elle sentait peut-être pas les coups.

Le visage de ta mère exprime des émotions diverses qui se succèdent si vite que tu ne les suis qu'avec peine. Il y a la colère et il y a la haine et il y a le désespoir qui fait couler des larmes nouvelles. Tu la contemples, figé, incapable de fuir. Soudain tu voudrais l'appeler et la toucher, mais comme si elle voyait à travers ses paupières closes elle recule contre le ciment froid et secoue la tête. Tu frémis. Tu te recroquevilles. Tu sais que ton visage est mouillé car le vent te glace la peau, mais ça fait mal seulement quand elle dit encore le mot, quand elle dit *Mama, Mama*, encore et encore ; et tu ne peux rien répondre. Elle s'étrangle, elle presse ses mains sur son ventre. Et elle voit sa mama à elle, blottie sous un porche tandis que son père avance lentement, prenant tout son temps parce qu'il est certain que sa femme ne lui échappera pas, qu'elle est à sa merci. Il déroule l'horrible corde de cuir brun et elle supplie. Qu'il arrête, oh qu'il arrête, et les yeux de l'homme luisent tandis que les lanières frétillent dans la boue. Quand elle se met à courir, le fouet s'enroule autour de ses jambes et la fait tomber. Avec le fouet cet homme prend le pouvoir sur elle et plus tard ta mama à toi posera des compresses sur les blessures de sa mère. Ce que ton père crie, penché vers le dessous de la maison, c'est une histoire vraie. Un jour ta mama te la racontera.

Peut-être a-t-elle soudain pris conscience que ton père et son père ne sont qu'un même homme, que peut-être c'est simplement ce qu'elle a senti quand elle a rencontré Bobjay ; quelque chose en elle l'a fait choisir Bobjay Crell parce qu'il était comme le père qu'elle avait toujours connu, et ça n'a sans doute jamais été de l'amour.

Elle frissonne, elle trace dans la boue des signes vagues.

Elle sait que ses enfants l'ont vue supplier comme elle-même a vu sa mère supplier.

Peut-être même que sa mama, au dernier moment, juste avant la morsure du fouet, appelait elle aussi *sa* mama.

Elle te regarde. Soudain elle ouvre les bras et t'attire contre elle, Ses côtes se soulèvent et s'abaissent en une légère palpitation. Elle dit, te caressant la tête :

— Ça va aller, n'est-ce pas ?

Tu dis :

— Oui Mam'.

Sans savoir. Sans comprendre.

Tandis que Papa fait le tour de la maison, les pieds s'enfonçant dans l'herbe, tu te déplaces avec Mama pour rester hors de sa vue.

6

Pendant qu'Allen rampe sous la maison pour apporter un gilet à Mama elle te dit de sortir de là, à cause du verre, mais elle dit ça sans lever les yeux. Tu vas te blesser, dans l'obscurité, tu dois rejoindre Grove et t'occuper de lui, elle dit. Allen t'observe, l'air solennel. Il murmure que Papa se cache au coin de la maison. Il reste à distance de Mama. Quand tu te décides à partir elle ne te regarde pas t'éloigner. Elle chuchote dans le vide :

— Fais attention.

Tu progresses lentement parmi les éclats de verre. Des lambeaux de toiles d'araignées s'accrochent à tes cheveux. Tu poses la main sur le pied de la poupée et de l'air en sort avec un sifflement. Tu te retournes une fois vers Mama et Allen, mais leurs formes sont indistinctes. Dans les ténèbres ce ne sont que deux masses grises. En arrivant au bord de la maison tu te précipites vers la lumière. Tu ne découvres ton père qu'à l'instant où son ombre se projette sur tes mains.

Il boit à la bouteille de longues goulées qui font se contracter les muscles de sa gorge. Il louche comme si le whisky était pénible à avaler. C'est seulement lorsqu'il cesse de boire qu'il te voit.

Tu te figes. Il remet sans hâte la bouteille dans le sac, puis le sac dans la poche de sa veste. Il tend la main vers toi et sourit. La main descend sur ton épaule. Il t'empoigne, te soulève, tu sens dans ton bras une douleur aiguë. Tu tentes de te dégager, ou peut-être a-t-il peur de te laisser tomber et lui est-il difficile de te retenir d'une seule main, alors il serre de plus en plus étroitement ton épaule. Tu t'efforces de ne pas voir son visage mais tu respires son souffle et tu sens contre ta peau sa barbe rêche. Tu ne fais aucun bruit.

— On se croyait plus malin que son papa mais il t'a eu, tu vois.

Il te soulève plus haut, jusqu'à lui faire face. Il a un vilain rictus :

— Tu n'as donc rien à me dire ? Tu peux te cacher avec ta mama sous une saleté de maison mais tu ne veux même pas parler à ton papa ?

Il te serre très fort, tu cherches à t'échapper. Cette lueur dans ses yeux ça te glace. Tu écartes la tête pour fuir l'odeur douceâtre de son souffle qui te rappelle une autre odeur.

Tu protestes à voix basse :

— Ça me fait mal à l'épaule.

Il dit :

— Je ne voulais pas.

— Tu m'as serré trop fort.

— Mais non. Tu as encore mal ?

Il te regarde d'un air morne, frotte contre ton épaule son menton hirsute. Il vacille sous ton poids, prêt à tomber, Mais reprend son équilibre en s'appuyant de son moignon contre l'angle de la maison. Il t'attire à lui et se penche pour regarder sous la maison. Il demande :

— Où est ta mama ?

Tu ne réponds pas. Ça bat dans ton épaule à chaque pulsation du sang. Un moment tu vois, derrière Papa, Duck qui te fait signe et t'appelle. Là-bas dans le champ il y a Queenie qui flaire parmi les chaumes ; son ventre ballotte comme une meurtrissure.

— Tu n'aurais pas d'ennuis si tu n'avais pas voulu faire le malin, comme ta mama. C'est pas ma faute. Tu t'es sûrement cogné l'épaule là-dessous.

Tout en observant le réseau des veines, comme une dentelle rouge dans le blanc de ses yeux, tu réponds à Papa qu'il t'a serré trop fort, tu l'as senti, Papa te touche de son moignon et t'examine. Soudain tu te dis qu'il est triste. Il demande :

— Tu veux pas me parler ?

Au loin, Amy crie. Tu frissonnes, en tricot sans manches dans le vent de novembre.

— Réponds-moi, dit Papa. Tu devrais m'aimer parce que je suis ton père. Mais y a bien cinq minutes que je te porte et tu as à peine prononcé un mot.

Tu reconnais dans ton ventre cette sensation bizarre que te donne l'odeur du whisky. Tu dis :

— J'aime pas quand tu cries.

— C'était pas après toi que j'en avais.

— T'en avais après Mama. Ça a duré toute la journée.

D'une voix plus calme Papa demande :

— Ton bras te fait encore mal ?

Tu te palpes le bras. La forte douleur a cessé, restent seulement les petites douleurs, par en dessous, qui vont se rassembler et s'épanouir contre l'os. Le sang suinte de la veine là où Papa a serré trop fort. Mais tu dis :

— Maintenant ça va mieux.

Queenie, au fond de la cour voit Papa et s'immobilise, puis elle vient lentement vers lui, remuant la queue. Papa dit :

— Mon bras me fait mal, parfois. J'en parle pas. Je veux pas qu'on me croie fou. Le docteur n'y peut rien parce que mon bras il est plus là.

Papa rit. Ses dents sont jaunes et plates. La manche vide se balance. Queenie remue la queue et bondit en avant, langue frémissante.

Tu demandes à voix basse :

— Ça fait mal, en ce moment ?

Il a l'air de t'entendre de très loin. Il secoue la tête, évitant de te regarder et pourtant tu t'es vu reflété dans ses pupilles sombres. Il répond :

— Ça veut rien dire.

Il repousse Queenie du pied en criant,

— Va-t-en, sale bête.

Queenie vous regarde sans comprendre pourquoi aucun de vous deux ne la caresse. Quand elle s'approche à nouveau Papa la repousse encore, plus violemment, sa grosse chaussure presse l'endroit où dorment les chiots. Elle contemple Papa d'un air lugubre alors que déjà il se retourne vers la maison, cherchant ta mama.

— Elle est là-bas, dit-il.

Et il court vers elle et toi tu rebondis contre son épaule et la douleur augmente dans ton bras.

Devant la maison Papa s'arrête, sous les sycomores qui la séparent de la route. Les branches tamisent la lumière qui vient de la grande étendue des nuages. Le vent te pénètre, même la douleur est comme rafraîchie. Papa, il sent le vent dans le bras qu'il n'a plus ? La manche flotte en arrière, inutile, sans effet contre le vent et lentement elle retombe. Lorsque Papa s'habille, est-ce que le bras qui manque a quand même l'impression d'être dans un vêtement ? Ou bien l'impression d'être nu ?

— Elle est déjà ressortie ? demande Papa.

Ce n'est pas à toi qu'il s'adresse. Sur le porche il y a Amy Kay, et Grove auprès d'elle, et tous deux vous observent, de la peur dans les yeux.

— Lâche mon frère, dit Amy.

— Je t'ai posé une question. Tu ferais mieux de répondre

— Je te dirai rien.

Grove marmonne derrière son poing, d'une voix rauque et faible qui se perd dans le vent.

— Toi tu ferais mieux de le laisser tranquille.

Tu glisses à l'oreille de Papa :

— Pose-moi par terre.

Et lorsqu'il tourne son regard vers toi tu appuies tes poings contre son cou comme si tu pouvais ainsi te libérer.

Quand il voit tes poings fermés il te serre plus étroitement, jusqu'à te couper le souffle. Et il dit :

— Je suis encore ton père.

Tu gardes le silence. Ton visage reste sans expression.

— T'as pas à me dire ce que je dois faire. T'as pas à me dire de te lâcher.

Tu suffoques un peu, tu essaies de te figurer que cette douleur dans ton épaule et tes côtes c'est quelqu'un d'autre qui la ressent.

— Laisse-le tranquille ! crie encore Amy.

Et elle appelle Mama de toutes ses forces ; mais toi tu ne cesses de regarder Papa, en pressant tes poings contre les veines de son cou.

Allen sort de dessous la maison et court vers le porche, Duck le suit de près.

Ils voient que tu luttes pour respirer, et encore ils appellent Mama qui bientôt sort à son tour de sa cachette. Mains sur les hanches elle contemple Papa, l'ombre des branches striant son visage.

Papa est immobile, en attente.

— Lâche Danny, dit Mama.

— Je lui fais pas de mal, répond Papa en souriant.

— Non, tu lui fais pas de mal, tu le serres si fort qu'il en devient bleu.

— Recommence pas à m'emmerder, Grande Dame.

— Je t'ai dit de le lâcher. Il peut à peine respirer.

Papa se contente de sourire encore plus et de serrer encore plus fort. Tu heurtes durement tes jointures contre ses os et tu te cambres, aspirant un mince filet d'air, Papa te lance un regard mauvais qui te traverse sans t'émouvoir. Tu vois sous tes poings s'écraser les veines. Tu comptes les lents balancements de la manche vide. Mama dit :

— Pose-le. Tu fais du mal à ce petit et tu vas le regretter, je te le jure.

— S'il a mal ce sera pas ma faute. C'est à cause de toi qu'il s'est traîné sous cette bicoque.

— Mais qui m'a forcée à m'enfuir là-dessous ? Fils de pute. Pose-le tout de suite.

Papa t'examine et déclare en riant :

— Regarde-le. Il a pas peur. Il déteste son père.

Tu renverses la tête, ton visage vers le ciel.

— Bobjay Crell, tu poses mon petit par terre immédiatement, espèce de sale manchot.

Papa a un large sourire.

— Comment tu m'appelles ?

— Pose-le.

— Non, comment tu m'appelles ? Tu m'as appelé sale manchot. Je veux que tu répètes.

Lentement l'étreinte se relâche et tu glisses jusqu'à terre. Tu sens une pulsation dans ton épaule et tu suffoques encore, à genoux dans l'herbe, et tu respires, respires...

Mama repousse ses cheveux et dit :

— Danny, viens ici à présent,

Elle se dirige vers le porche. Mais Papa avance et elle recule.

Le visage de Papa est plus sombre que les nuages. Papa dit :

— Va donc. Cours.

Elle dit :

— Je peux pas courir. Tu m'as blessée à la jambe.

Un silence. Et puis il ricane :

— Ha ha, maintenant tu regrettes de l'avoir dit, hein ?

— J'étais en colère, Bobjay. J'ai pas fait exprès.

Elle recule encore.

— Je t'en prie, laisse-moi.

Elle recule en montant la marche, ses mains cherchent un support qu'elles ne trouvent pas. Ses mains cherchent en vain et Papa rit et il avance d'un pas quand elle recule d'un pas. Et il dit :

— Tu peux aller nulle part ailleurs, chérie...

levant la main

un cri sous la véranda. Amy

un bruit sourd. Au plus profond. Mama.

non, laisse-la. C'est Allen

mais le bruit vient à vous de très loin, il y a comme un silence sur ce sol herbeux où tu t'efforces encore de reprendre souffle.

Duck saute en dehors du porche et s'échappe en criant, les mains sur les oreilles. Papa braille quelque chose. Mama est déjà tombée et elle lève le bras pour se protéger la figure. Sa voix t'entoure, te pénètre comme un couteau et c'est comme si tu saignais rien qu'à l'entendre. Tu détournes ton regard, tu contemples les arbres qui se balancent sereinement dans le vent. Et pourtant tu vois son visage lorsqu'il la frappe et son cri monte autour de toi en spirale...

puisqu'elle a rampé sous la maison Papa exige qu'elle rampe pour entrer dans la maison

m'appelle jamais plus un sale manchot, chérie

je t'en prie, je t'en prie, j'ai pas fait exprès

— Mama.

C'est Amy qui parle tout bas. Et Mama, s'affaisse contre le montant de la porte en disant elle aussi Mama, et Mama disparaît dans la maison, sur les mains et les genoux, les cheveux tombant devant ses yeux.

Le vent se précipite sur la maison, les champs, sur ta figure, sur la jupe de Mama et ses jambes aux nouvelles meurtrissures juste avant que Mama s'engouffre à l'intérieur, sur les arbres et sur la rivière, à grand bruit, avec une violence qui met en toi un froid si intense que tu ne veux pas rentrer, que tu ne veux pas voir Mama quand Papa en aura terminé avec elle.

Mais quand la porte se ferme tu te redresses. Leurs cris sont étouffés par le mur de la maison. Tu regardes Allen et Amy et Grove. Allen avance jusqu'à la porte et l'ouvre à nouveau, Amy s'élance avec un cri d'angoisse et se retrouve juste dans les jambes de Papa.

Penché vers toi Papa hésite un moment et tandis qu'il te contemple tu te sens encore envahi par le froid. Il a repoussé Amy d'un côté et Allen de l'autre. Il te lance un long regard étrange. Il dit, en se dirigeant vers le camion :

— Maintenant, moi j'ai mal au bras.

Il sort la bouteille de sa poche, la vide jusqu'à la dernière goutte et la jette parmi les hautes herbes. Il grimpe dans le camion, met le contact, sort de la cour en marche arrière et le véhicule s'éloigne en ferraillant sur la route, entre deux noires rangées d'arbres.

7

La fumée de la cigarette de Papa tourbillonne dans la lumière.

Dès que vous êtes tous entrés, Amy ferme la porte à clef. Allen fonce vers la chambre puis s'arrête. Mama est là, immobile sur le plancher. Tu vois une courbe blanche, c'est un bout de sa robe, et puis tu vois un bras, une mèche de ses cheveux, et puis son visage. Allen se tient silencieux auprès d'elle.

Quand elle le voit elle bouge un peu.

Maintenant tu es près d'Allen, et derrière toi il y a Amy, et Duck qui tient Grove par la main, et vous attendez qu'elle se relève.

Sous son nez une traînée sombre. Des traînées rouges sur le devant de sa robe. Elle dit tout bas :

— Les enfants, retournez dans la pièce à côté.

Si bas que vous avez peine à comprendre. Vous échangez un regard et vous restez là. Son souffle est comme un frisson, elle se soulève, en appui sur ses bras minces, une volute de fumée s'enroule autour d'elle et il y a de la lumière dans ses cheveux. Elle dit :

— Je ne veux pas me montrer dans cet état.

Elle suffoque, elle tousse contre sa main. Elle finit par se relever et par entrer dans la salle de bains. Elle ferme la porte. Tu entends le jaillissement de l'eau dans le lavabo qui ne couvre pas totalement sa voix, une plainte monotone.

Les autres écoutent, sans se quitter des yeux. Mais toi tu cours vers la salle de séjour, tu te jettes sur le divan et tu presses tes poings contre tes oreilles. Le divan sent le tabac, tu frottes très fort ton visage contre le tissu rêche pour te protéger de la lumière. Tu distingues seulement les formes colorées qui dansent sous tes paupières lorsque tu les serres.

Des pas dans la chambre.

Amy dit quelque chose, trop bas pour que tu comprennes.

Le bruit du vent augmente juste quand l'eau s'arrête de couler.

Des ombres pâles se déplacent sur l'écran de la télévision que personne tout à l'heure n'a pensé à éteindre. Cela fait une impression bizarre cette idée que les gens de la télé n'ont pas cessé d'agir durant votre absence, de jouer pour une pièce vide. Tu vas vers la fenêtre, tu contemples la cour. Le vent soulève les feuilles sèches au-dessus du sol. Personne dans les champs ou seulement Queenie, tache blanche furetant ici et là dans les chaumes.

— Tu m'écoutes, idiot ? demande Amy. Viens m'aider à nettoyer tout ce bordel dans la cuisine. Pas besoin de faire lc guet. Il va pas revenir de si tôt.

— J'ai seulement jeté un coup d'œil dans la cour.

— C'est pas le moment de rêvasser, viens.

Baissant la voix elle ajoute :

— Je veux pas que Mama trouve la cuisine dans cet état. J'ai déjà un peu nettoyé mais y a encore des haricots par terre.

Tu ramasses à la main, sur le sol, des morceaux de pommes de terre et des haricots. Tu prends la serpillière dans le débarras, tu la mouilles et tu nettoies le carrelage, Amy te signale tel ou tel endroit où tu n'es pas passé. Elle lave les casseroles et redresse un peu le métal cabossé. Elle lave aussi les pommes de terre et les pèle pendant que tu rinces la serpillière et la remet à sa place.

Tes frères vous rejoignent un à un dans la cuisine. Amy installe Grove sur une chaise et examine son bras, et Duck assure que ça va. Amy demande à Duck de ne pas parler aussi fort et elle dit :

— Allen s'est bien occupé de Grove, mais avant il s'était déjà fait mal.

Ils sont assis à la table, ils écoutent le vent qui secoue la maison, passe au-dessus et au-dessous et autour des planches mal ajustées et les fait grincer, tandis que les nuages s'épaississent et que pâlit la lumière.

Amy jette les épluchures brunes dans le sac de papier plein d'ordures. Elle lave les pommes de terre jusqu'à ce qu'elles soient aussi blanches que les jointures de ses doigts.

Mama n'est plus qu'un bruissement, deux pièces plus loin, un doux frémissement de tissu.

Bientôt la porte de la chambre s'ouvre. Mama a brossé ses cheveux et les a tirés en arrière, attachés par une barrette de plastique rouge en forme de papillon. Elle porte une robe toute fraîche, blanche à fleurs bleues. Elle a encore le cardigan qu'Allen lui avait apporté et se tient silencieuse au-dessus du sac poubelle, ôtant les brins d'herbe pris dans les mailles. Elle boitille. Une de ses chevilles est enflée et écorchée et sa lèvre coupée a gonflé un peu. Elle dit :

— Vous avez fait un fameux nettoyage.

Amy déclare :

— J'ai arrêté le four. Le poulet n'a pas brûlé ni rien...

Mama incline la tête, presque timidement, veillant à garder dans l'ombre le côté meurtri de son visage.

— Je savais bien que je pouvais compter sur ma fille. Peut-être qu'on va enfin dîner en paix, maintenant qu'il est parti.

— J'espère qu'il reviendra pas, dit Allen.

— Moi j'espère qu'il va tomber d'un pont avec son camion, dit Duck.

— Tous on espère la même chose, dit Amy.

Maman continue à nettoyer son tricot, puis, repoussant du pied le sac poubelle, elle dit :

— Assez de mauvaises paroles. Danny, sors les ordures et brûle-les. Vous les garçons, allez remettre de l'ordre dans la salle de séjour. Amy et moi on a à faire.

Amy coupe les pommes de terre en tranches et Mama ouvre la porte du placard et te tend les allumettes. Le sac poubelle est léger, même pour ton épaule meurtrie. Mama dit :

— Méfie-toi du vent.

Tu fais oui de la tête, tandis que tes frères dans la pièce voisine montent le son de la télé, et qu'Amy, de son air très sérieux, demande à Mama qu'elle lui apprenne à allumer la veilleuse du fourneau.

Dehors le vent t'emporte jusqu'au tas d'ordures et tu cours comme tu ne devrais pas courir, et tu te vois comme une rafale de vent au-dessus des champs, qui monte vers la cime des arbres, décrit des volutes dans les nuages, monte et monte encore et encore jusqu'à cet air tout en haut qui est pur, qui est parfait. Tu passes en courant sous la corde à linge et continues plus loin que les cabinets, Comme un poney piaffant tu bondis au-dessus du sol, t'imaginant ne faire aucun bruit en foulant l'herbe sèche. Le froid ruisselle sur ton visage, engourdit tes mains, le vent coupe comme au couteau à travers ton pull et ta chemise, si glacial que ça chatouille et te fait rire. Près du container où on brûle les ordures tu frottes maladroitement les allumettes, des étincelles retombent sur tes mains. Une petite flamme, une fleur bleue, vacille au bord du sac. Tu te penches au-dessus d'elle, tu la protèges du vent entre tes mains.

En haut du sac, sous les pelures de pommes de terre il y a l'enveloppe d'un paquet de margarine et des kleenex serrés en une boule. Ça va brûler. Tu les approches de la petite flamme.

Maintenant tu es un sorcier, maître du feu et ce sac d'ordures est une ville que tu veux raser ; tu restes à côté, bras croisés, tu contemples les murs qui s'écroulent sous les flammes, tu entends les voix d'un peuple minuscule demandant ta miséricorde ; mais tu restes sourd à leurs cris, auprès d'eux tu es grand comme une montagne et furieux comme l'a été Dieu quand Moïse a frappé le rocher de son bâton ; tu n'éprouves aucune pitié à les entendre hurler

dans le feu tu imagines le visage de ton père et tu laisses le feu l'attaquer et la chair se recroqueville comme si c'était du papier, et le visage brûle en entier, devient noir jusqu'aux yeux qui s'ouvrent et se fendent et versent des larmes sur les ordures, des larmes crépitant comme la pluie sur les flammes

tu contemples les nuages, un drap uniformément gris

tu vois des flocons de neige tomber dans le feu.

Les ordures brûlent vite. La fumée gagne les nuages. Tu sens la chaleur sur ton visage et tu te penches, la fixant, cette chaleur blanche qui a réduit en cendre les cartons et le sac. La ville a disparu. Le maître du feu lui-même ne peut faire du feu sans combustible. Finalement, là où était le sac, une ombre grise oscille et s'effondre quand tu la touches avec une baguette.

Le vent fait tourbillonner de la cendre dans tes cheveux. Le froid efface les dernières traces de la chaleur du feu sur tes joues. Dans le froid tu te changes en pierre. Tu es aussi blanc que les statues que tu as vues à l'école, et tout lisse, et aussi gelé que si tu étais de glace. Rien ne te touche, tu ne sens rien. Tu ignores combien de temps tu es resté là parfaitement immobile, et tu pourrais demeurer ainsi tout le jour si tu n'entendais pas soudain le bruit d'un camion qui passe sur la route et qui ralentit. Le bruit du camion de Papa. Tu cours jusqu'à l'angle de la maison.

Le camion est vert, pas bleu comme celui de Papa. Le camion est vert. Il s'éloigne.

Tu rentres à la maison sans plus rêver.

Les vitres de la cuisine sont brouillées par la vapeur qui sort des casseroles sur le fourneau. Amy est montée sur une chaise et elle apprend à faire une sauce brune dans un poêlon de fer. Mama suit l'opération en buvant une tasse de café. La cuiller à café est posée sur une serviette blanche qu'elle tache de brun.

— Tu as surveillé le feu jusqu'à ce que tout soit éteint ? demande Mama.

— Danny est resté dehors deux fois plus de temps qu'il fallait pour que ça brûle, dit Amy.

Tu protestes :

— Le feu vient juste de s'éteindre.

Tu places auprès de l'évier un nouveau sac de papier. La meurtrissure, sur le visage de Mama, est plus étendue, plus foncée et luit dans la clarté qui vient de la fenêtre.

La télévision est allumée et pourtant la maison paraît calme à présent, et le bruit du vent au-dehors donne à l'intérieur une impression de sécurité, de chaleur. Mama ferme à clef la porte de derrière après y avoir fixé le cadre grillagé. La porte de devant est fermée au verrou. Tes frères sont assis côte à côte sur le divan et regardent la parade à la télé. Duck déclare que ces chars tout ornés ça a pas l'air vrai. Allen lui dit de regarder et de se taire. Grove est assis entre eux, soutenant avec précautions son bras douloureux.

— Le bras de Grove lui fait plus mal, dit Amy s'adressant à Mama.

Et Mama répond que ça ne l'étonne pas. Elle s'approche de Grove et se penche vers lui, elle palpe du bout des doigts l'endroit enflé. Tu l'observes et tu touches ton épaule mais tu ne dis rien.

Quand Mama parle, sa voix remplit la maison bien plus totalement que la voix de Papa quand il crie. Sa voix à elle n'est que douceur et plénitude, sans la moindre aspérité. Elle demande à Grove si son bras lui fait vraiment mal et Grove dit oui en hochant la tête. Elle demande si ça a commencé à faire mal quand Papa a hurlé et Grove dit oui. Le fauteuil de Papa, devant la télévision, semble se moquer de vous.

— Mon poignet n'en peut plus. Viens un peu tourner ça, dit Amy.

Tu prends sa place et tu remues avec la cuiller, te servant du bras qui n'est pas meurtri, mais ce bras est malhabile et n'agit qu'avec lenteur.

— Va bien au fond pour que ça colle pas, dit Amy, et aussi tout autour pour pas avoir de grumeaux. T'as intérêt à pas avoir de grumeaux parce que moi j'ai commencé impec.

Amy met le couvert, disposant une à une sur la table les assiettes fleuries. Mama a posé la théière dans l'embrasure de la fenêtre. L'odeur du thé se mêle aux autres odeurs. Bientôt Mama revient s'occuper du thé et déposer des glaçons dans les verres. Elle a installé Grove dans la cuisine, son bras enflé entouré d'un bandage élastique. Allen et Duck viennent s'asseoir eux aussi, ils ont monté le son de la télévision afin d'entendre les bonimenteurs de la parade.

— Je vois pas ce qu'il y a de tellement super dans une grappe de ballons, dit Amy.

Mama écrase les pommes de terre en ajoutant du lait et le reste du paquet de margarine et tu jettes le papier gras dans le sac poubelle.

Une voiture passe sur la route. Vous échangez tous un regard. Mama dit :

— Il va pas revenir si vite.

Elle pose le plat rempli sur la table et au-dessus la poêle pleine de biscuits dorés. Quand elle ouvre à nouveau la porte du four tu jettes un coup d'œil au poulet. Et puis, en prenant garde de ne pas en renverser, tu sers le thé dans les verres qu'Amy porte un à un jusqu'à la table.

Mama te dit de t'asseoir, parce que voilà un siècle que tu tournes la cuiller dans cette sauce, et tu t'installes et tu respires la bonne odeur des nourritures et tu es heureux d'être à table en l'absence de Papa. Un moment tout semble paisible et juste comme il faut. Mama vous sert. Tu sais qu'elle s'efforce de donner à chacun ce qui pourrait lui plaire. Et même si rien ne te tente vraiment tu comprends qu'elle a travaillé dur et aurait voulu faire mieux.

Puis, parce que tu as faim, tu manges. Mama mange elle aussi, mâchant lentement à cause de sa joue meurtrie. Tes frères lui disent que c'est très bon et tu dis la même chose, et Amy aussi et Mama sourit comme intimidée. Elle dit qu'il faut remercier Amy parce qu'elle l'a tellement aidée.

— Si elle ne s'était pas occupée d'éteindre le four il n'y aurait rien à manger.

— Ou seulement un gros morceau de charbon, dit Duck.

— On aurait pu rôtir un de ces oiseaux que j'ai tués, près de la rivière, dit Grove.

— Tu as tué un oiseau ? demande Amy.

Et Grove fait oui de la tête, et il rit lorsqu'elle frissonne et gémit :

— Ça me rend malade rien que d'y penser.

— On n'en aurait pas fait deux bouchées, dit Allen. C'était seulement un vieux petit moineau.

— Et lui tout juste assez grand pour soulever le fusil, dit Mama. C'est à cause de ça que ton bras saigne ?

Il proteste énergiquement en agitant sa fourchette.

— Non Mam'. Ça s'est mis à saigner quand Papa a crié. Le fusil m'a fait rien.

— M'a rien fait, corrige Mama.

Pendant le repas tu l'observes. Elle mange à peine. Son regard est étrange et lointain, parfois effrayé. Elle ne cesse de se tourner du côté de la salle de séjour. Quand quelqu'un parle elle écoute mais pas un mot de ce qu'elle entend ne provoque sur son visage le moindre changement d'expression. Plus tu la regardes et plus tu as peur, et même lorsqu'elle s'efforce de sourire tu as peur, sans savoir pourquoi.

— Pendant qu'on se sauvait loin de Papa j'ai vu un morceau de neige

— Il veut dire un flocon, dit Amy.

— Amy elle l'a vu aussi, dit Grove.

— Mais non.

— Pourtant tu l'as dit.

— Mais non. Toi, tu disais que tu l'avais vu, et tu m'as demandé si je l'avais vu. Mais j'ai jamais dit que je l'avais vu.

— C'est tombé juste sous ton nez. Dis, Mama, il va neiger ?

Mama regarde par la fenêtre et hoche la tête.

— Ça se pourrait. Le sol est suffisamment froid.

— Je voudrais qu'il neige toute la journée, et Papa serait bloqué quelque part pendant toute une semaine.

— Ton père rentrera à la maison, d'une façon ou d'une autre, dit Mama d'un ton calme. Il ne faut pas lui souhaiter des ennuis.

— J'espère seulement qu'il nous empêchera pas encore de dormir.

Mama se frotte le front.

— On n'y peut rien, mon garçon. Si ça doit arriver, tant pis. S'il t'empêche pas de dormir c'est moi qu'il empêchera.

— Des fois, je le déteste, dit Duck.

Mais Mama lui pose une main sur la bouche. Grove annonce que s'il neige on fera dans la cour de devant un bonhomme de neige avec un fusil. Et Papa aura peur, il n'osera pas rentrer à la maison. A Grove aussi Mama dit de se taire.

— Arrêtons de parler de Papa, elle dit.

Un moment plus tard, Grove suggère :

— Peut-être que tu pourras faire de la crème à la neige.

Mama rit, et juste un instant son visage s'éclaire.

— J'ai plus du tout de vanille. On ne va pas faire de la crème à la neige sans vanille.

— Qu'est-ce que tu paries que Papa en rapportera de chez l'épicier, dit Grove.

— Sûrement, dit Mama.

Dans la salle de séjour, avec tes frères, tu regardes la télévision et tu entends Mama et Amy qui débarrassent la table de la cuisine. Au son de la voix de Mama tu peux deviner si elle est près de la table ou devant l'évier. Tu peux aussi presque deviner à quoi elle pense. Elle dit :

— Rince-les bien et empile-les dans l'évier. Mais n'en fais pas tomber ; je les conserve précieusement depuis très longtemps.

— Les casseroles, il faut les rincer avant que ça sèche à l'intérieur, dit Amy.

— Mets-les à tremper. Je les laverai et les rangerai plus tard.

Mama est assise sur une chaise de la cuisine, peut-être près de l'évier, tenant le cardigan serré contre elle. Au bout d'un moment tu entends tinter les casseroles dans l'évier et Amy dit :

— Je les laverais bien moi-même si seulement je pouvais atteindre le foutu robinet d'eau chaude.

— « Foutu », relève Mama. Ta maîtresse, qu'est-ce qu'elle penserait de moi si elle t'entendait dire ça ?

— Oh ! Mama, je suis pas folle, j'irai pas dire « foutu » devant elle.

— Ce mot-là, vaut mieux l'éviter complètement, dit Mama qui s'avance sur le seuil de la porte.

Grove est allongé sur le divan, la tête enfouie dans un gros oreiller, le coude sur un sac de glace. Il regarde tranquillement la télé mais c'est visible qu'il n'aime pas rester immobile. Mama demande, en se penchant pour tâter le sac :

— La glace n'est pas fondue, mon chéri ?

— Oh ça va, dit Grove sans même la regarder.

— Y a encore des glaçons, si tu veux.

— Le froid, ça fait du bien, dit Grove.

— Tu as besoin qu'on s'occupe de toi, dit Mama, lui caressant le front.

— Il est gâté, dit Duck.

— Pas vrai.

— Drôlement. Allen Ray te donne la carabine plus souvent qu'à nous autres.

— Parle plus de ce vilain flingue, dit Allen. Mama aime pas.

— Regardez sagement la télé, dit Mama.

Elle pose ses lèvres sur le front blanc de Duck et interroge :

— Y a un bon film ? Ou seulement du foot ?

— Y a un western, dit Duck. Et après un film d'horreur.

— Je veux le regarder si ça fait peur, dit Amy, du seuil de la porte. Mais pas un stupide match de foot.

Mama se dirige vers la fenêtre et dit calmement :

— Je me demande pourquoi on aurait droit aux monstres, le jour de Thanksgiving.

— Pour donner un jour de congé aux vraies stars de cinéma, dit Duck.

Grove rit et Allen hausse les épaules.

— C'est malin.

— Je crois que je vais m'étendre un peu, dit Mama.

Et toi Danny, tu lui réponds :

— Oui, tu devrais bien te reposer pendant que c'est possible.

Elle regarde encore à travers la vitre. Tu sais qu'elle surveille la route. Pour le moment, le seul bruit est celui du vent. Grove enfonce à nouveau sa tête dans l'oreiller et ferme les yeux. Mama jette un coup d'œil dans la cuisine et met un baiser dans les cheveux d'Amy qui a tellement bien nettoyé. Amy se blottit un instant contre Mama et elle aussi ferme les yeux.

— Si je pouvais atteindre l'étagère, je rangerais tout dit-elle.

Mama lui caresse les cheveux.

— Laisse ça et va t'asseoir. Tu as drôlement travaillé.

Maman se retourne une fois de plus et contemple longuement la route. Allen lui demande si elle voit quelque chose et elle dit non. Elle dit que ça la repose de regarder les arbres et les nuages. Bras croisés, elle se dirige vers sa chambre. Amy l'accompagne et l'aide à se mettre en chemise de nuit. Puis Amy revient et tire la porte derrière elle.

Mais juste avant que la porte se ferme tu vois ta mère qui se couche. A l'exception de ses cheveux sombres elle est aussi pâle que les draps. Elle ne sait pas que tu la regardes et elle se pelotonne comme le ferait un enfant. Elle ferme les yeux mais son visage demeure contracté comme sous l'effet d'une douleur lancinante. Si tu prononçais son nom, elle t'entendrait dès le premier appel, et même si ce n'était qu'un murmure et que tu t'adresses à elle du coin le plus éloigné de la cuisine. Mama endormie est encore à l'affût du moindre bruit.

Elle est là, telle une victime craintive qui attend qu'on la sacrifie. Elle serre son poing contre ses lèvres. Une fois la porte refermée, tu écoutes encore son souffle.

8

Dans l'après-midi l'ombre se referme sur la maison et le vent se fait plus fort. Très haut dans les arbres tu entends des cris qui se mêlent en un chœur à plusieurs voix et l'une d'elle parfois devient sanglot.

Une voiture passe sur la grand-route, puis un camion et chacun de vous retient sa respiration, mais toi, devant la fenêtre, tu chuchotes — alors que ta sœur a déjà la main sur le bouton de la porte de la chambre pour réveiller Mama :

— C'est pas lui.

Vous faites tous comme si vous suiviez le film sur l'écran de la télévision mais tu ne cesses de guetter d'autres bruits.

Le souffle de Mama devient profond et régulier.

Soudain tu vois bouger quelque chose derrière la vitre et tu te lèves terrorisé, et te précipites vers la fenêtre, pensant voir Papa.

Ce que tu vois ce sont les flocons de neige qui tombent lentement sur le monde. Tu murmures :

— Il neige.

Des mots inutiles, tes frères et ta sœur ont vu eux aussi et se rassemblent autour de toi.

— Oh mon Dieu, dit Amy, j'en crois pas mes yeux.

— Maintenant les routes vont devenir glissantes, dit Duck.

Mais Amy le fait taire. Tous vous vous regardez. Grove vient lui aussi jusqu'à la fenêtre, appuie son bras enflé sur le rebord, tenant les glaçons pressés contre sa peau et regarde tomber la neige. Elle vole et tourbillonne, un badigeon blanc, tout un mouvement énorme au travers des champs, au-dessus des arbres, mêlant le ciel et la terre en la totale blancheur d'un nuage tombé sur le sol. Duck presse son nez contre la vitre. Ses lèvres y laissent leur empreinte et de l'extérieur les flocons la frôle.

— Je me demande si ça va tenir, dit Allen.

— Il fait très froid dehors, dit Grove.

— Il fait même assez froid dans cette vieille baraque pour que la neige tienne, si elle entrait, dit Duck.

— On devrait écouter la météo, dit Amy,

Et jetant un coup d'œil vers les poutres du toit :

— J'espère que ça va faire des grands glaçons.

Tu dis :

— Comme dans une caverne.

Grove appuie son front contre la vitre. Il dit tout bas :

— Ça recouvre tout. Y en a partout.

— Ben même qu'on aurait classe demain, on irait pas, dit Amy

— Y a de la neige aussi sur la grand-route ?

— Je sais pas.

Tu abandonnes ton poste de guet et quelqu'un d'autre prend ta place ; personne ne te voit gagner la porte. Tu entends une histoire de car de ramassage scolaire se retrouvant dans le fossé, mais tu ne te mêles pas à la conversation. Tu les contemples un moment. Puis tu ouvres la porte et tu sors.

Dehors, les rafales de vent froid sont comme du feu, des langues brûlantes te lèchent la peau. La neige s'avance sous le porche, en festons blancs sur le ciment gris. Le vent fait tournoyer les flocons et résonner des notes creuses dans les arbres. Les nuages s'épaississent, le soleil est une tache claire, même pas un disque. Tu t'es tenu là un moment, à le regarder du seuil de la porte, mais à présent Amy crie :

— Cet imbécile va nous faire perdre toute la chaleur de la maison.

Tu détaches le grillage et tu sors. Grove t'a suivi. Vous restez là main dans la main. Vous voyez à l'infini les flocons de neige dans la lumière pâle, qui tombent et strient le monde tout entier. Dans la cour les flocons voltigent au-dessus de l'herbe sèche. Tu les imagines se heurtant, les douces brisures silencieuses autour de toi, mais quand tu goûtes un flocon, sur ta langue sa fourrure glacée, tu es content de sentir que c'est trop mou pour se briser, tu comprends que les flocons de neige sont si légers qu'ils s'amassent sans dommage, les uns contre les autres.

— Il fait si froid ici que je n'ai même pas besoin de glaçons sur mon bras.

— Je voudrais bien pouvoir voler là-dedans.

— Même les oiseaux ne volent pas là-dedans.

Du seuil de la porte Amy demande :

— Et si Papa rentrait maintenant ? Comment peut-on fermer la porte à clef quand vous deux, pauvres idiots vous restez sous le porche ?

Tu dis :

— Papa ne va pas conduire par un temps pareil.

— Avec lui on sait jamais.

— On veut pas rentrer. Tu peux nous boucler dehors si ça te chante.

Elle vous observe en silence. Tu lèves la main pour attraper un flocon de neige qui fond lentement sur ta paume, et puis un autre, et puis un autre, du blanc qui devient un simple picotement et une goutte d'eau sur ta peau.

— La neige c'est bon pour mon bras, dit Grove.

— Ça fait du bien à tout le monde, dit Amy.

— Y a que Mama qui aime pas trop.

— Peut-être que cette neige-là elle aimerait, dit Amy.

Elle vient se planter près de toi, croisant les bras lorsque le vent la frappe, la faisant loucher et pleurer, même. Elle dit :

— C'est tellement froid.

Et Grove rit et tu demandes :

— Tu pensais que ça serait comment ?

Elle te tire la langue. La neige tombe à présent si épaisse, si violemment que ça t'étourdit, on croirait que le monde s'élève vers la neige et les nuages.

De la neige luit à la fourche des arbres et au bord du toit.

Bientôt, au-delà de la rivière, quelque part le soleil se couche derrière les nuages épais. Des millions de flocons de cristal boivent la lumière. Dans la forêt, la neige dérive en larges coulées entre les arbres, rassemblant les dernières feuilles et recouvrant le sol. La neige s'amasse sur la berge de la rivière, le long du lit de chèvrefeuille, blanche dentelle près de l'eau noire. Tu voudrais être là-bas. Levant le visage vers le ciel afin que les flocons le touchent, tu peux presque imaginer que tu marches au travers d'un monde de troncs gris et de neige dans le crépuscule au bord de la rivière et les nuages sont si denses que même lorsque la nuit vient tu ne vois pas les étoiles. Plus que tout, c'est la blancheur que tu aimes. Tu voudrais te coucher dans la neige, le visage contre la neige, ton regard dans cette blancheur.

Tu secoues la tête pour résister au froid, tu ris, tu entends battre ton sang comme une bombe mais ton épaule ne te fait plus mal.

— J'aimerais bien jouer là-dedans, dit Grove.

Il a comme un voile blanc sur la tête.

— Si tu jouais dans la neige tu tomberais et ce serait la catastrophe, dit Amy.

Mais elle ajoute gentiment :

— Bon, ça ne peut pas faire de mal de rester là à regarder.

Elle se penche, d'un bras entourant le pilier du porche. Elle tire la langue aussi loin qu'elle peut, ferme les yeux et sourit. Elle dit :

— De la cendre.

Grove rit et menace :

— Tu verras que c'est toi qui vas tomber et te casser le dos, Amy Kay.

Elle ignore la remarque, langue tirée, roucoulant. Puis elle dit :

— C'est ce que j'aime manger, c'est mon desert favori. De la jolie neige bien froide qui descend tout droit du ciel.

Tu dis que ça ne descend pas tout droit. Le vent pousse la neige de très loin.

— Monsieur Je-sais-tout, dit Amy.

Le vent se lève à nouveau et le froid te pénètre.

— J'ai si froid que je peux à peine bouger, dit encore Amy.

Grove frissonne et s'abrite derrière toi. Et de frissonner ça lui fait mal au bras. Il ne se plaint pas mais ça se voit sur son visage. Tu lui conseilles de rentrer. Amy ajoute :

— On ferait bien de rentrer tous les trois, avant d'attraper la crève.

Tu dis :

— Je reste ici.

— Tu n'es pas assez couvert, dit Amy.

— Il fait pas tellement froid.

Elle se prépare à te lancer une réplique imparable mais le vent gèle les mots dans sa gorge, fouette sa jupe qui colle à ses jambes, mêle ses cheveux et jette contre vous trois des paquets de neige. Grove se faufile vers la maison en se tenant le coude, mais il y a encore du ravissement dans ses yeux. Amy est sous le porche, se frottant le crâne pour en ôter la neige. Elle dit, toute frissonnante :

— Danny, fais ce que tu veux, pauvre dingue, mais nous on rentre et on ferme la porte.

Tu es seul à présent à regarder la neige, Tu te sens mieux dans le silence. La neige descend des nuages et s'amasse contre le sol, en douceur et très profond en toi c'est comme une grande paix. Tu respires longuement l'air froid, et tu reconnais tout près l'odeur fraîche et âpre des arbres à feuilles persistantes. Tu courbes les épaules et ton haleine fleurit en nuages blancs.

Tu descends les marches, lentement, avec précautions, comme si tu entendais les habituelles recommandations que te fait Mama.

Mais quand tu es hors de tout abri, tu ne penses plus un seul instant à prendre la moindre précaution. La neige t'entoure lentement, toute proche — et tu vois palpiter des flocons qui tourbillonnent et cahotent — ou bien lointaine, et tu contemples la grande masse des milliers de flocons qui tombent.

Péniblement, tu avances autour de la maison, évitant de faire du bruit sous les fenêtres de Mama et te demandant si elle n'est pas maintenant un peu moins crispée sous ses couvertures, si elle se tourne vers la fenêtre pour regarder la neige ; et peut-être qu'elle aussi, comme toi, se sent plus à l'aise.

Au-dessus de toi les nuages ; tu imagines des étoiles derrière eux, mécontentes d'être tenues cachées, Peut-être s'efforçant de faire entendre raison aux nuages.

L'herbe craque sous la neige et sous tes pas. La neige refroidit tes chaussures et puis tes pieds. Tu souffles dans tes mains.

Presque la nuit. Presque le noir. Là, au travers des champs, au-delà de la ligne sévère des pins descendant vers la maison, ces vastes champs au reflet blanc où la neige aplanit la terre fendue, les tiges de blé brisées.

Tu voudrais t'étendre sur un lit de neige, laisser ta nuque tomber lentement dans la neige et ne plus jamais l'en soulever. Tu voudrais du feu pour te réchauffer les mains. Tu voudrais qu'il ne cesse pas de neiger, que Papa ne rentre jamais à la maison, tu voudrais rester au milieu de cet espace ouvert et la neige descend vers toi de tous côtés et on dirait qu'elle ne s'arrêtera plus ; tu peux presque te voir, te tournant et retournant sous cette chute de neige toujours plus abondante, levant les bras et les laissant retomber comme si vous n'étiez, toi et la neige, qu'une même créature. Tu voudrais te trouver dans un champ, en plein milieu, et de là tu ne pourrais distinguer une seule maison, tu ne pourrais que regarder la neige s'entasser de plus en plus haut et tu respirerais l'air froid de plus en plus profondément, jusqu'à ce qu'il fasse aussi froid en dedans de toi qu'au-dehors.

Tu traverses lentement la cour, tu fixes là-haut les flocons et l'unique nuage d'où ils viennent. Il fait presque nuit à présent. Tu as déjà vu la maison et les champs tout au bord de la nuit mais tu n'as jamais rien vu de pareil à ça, ce mouvement-là, et tu te sens t'élever avec la même lente régularité que la neige met à tomber.

Au-dessus de la neige, un bruit.
Tu te tournes à demi
un vrombissement, un moteur, l'approche
d'un camion, phares allumés, et tu cours
jusqu'au bord du fossé, pour voir.

Le camion de Papa longe la maison, klaxonnant encore et encore, les essuie-glace repoussant la neige sur le pare-brise.

S'il te voit, il ne te fait aucun signe. Il a dépassé la maison en continuant de klaxonner sur le même rythme. A la fenêtre de la chambre de Mama les rideaux bougent et une main s'appuie à la vitre. Les feux à l'arrière du camion s'éloignent sur la route.

Le rideau est remis en place. Le jour devient nuit paisible. Tu vas vers la maison, tu te demandes quand ton père sera de retour pour de vrai. Autour de toi la neige vole comme de la cendre soulevée par le vent, la cendre froide d'un feu éteint, et tu avances prudemment sur le sol glissant.

9

Dans la cuisine tu te débarrasses de la neige collée à tes chaussures en te frottant les pieds sur un sac de papier déchiré. Amy fait sa pimbêche et marmonne que tu dois être cinglé de te balader dans la cour comme si tu n'avais rien dans la tête pour reconnaître le froid du chaud.

Elle t'adresse ce petit discours en agitant la cuiller qu'elle tient à la main.

— Je crois que t'es un peu débile. Je te chauffe une tasse de café pour te dégeler l'estomac.

Tu dis tout bas :

— Papa est passé dans son camion. T'as entendu ?

Amy s'immobilise, puis elle incline la tête. Elle allume le brûleur du fourneau, elle regarde fixement la flamme.

— J'imagine qu'il va bientôt rentrer.

La maison est calme. Tes frères sont devant la télévision mais ils ont baissé le son. Les murmures qui viennent de l'écran brumeux imposent le silence dans la pièce. Tes frères sont assis côte à côte sur le divan. Soudain Grove demande s'il neige encore et Allen répond oui, qu'il peut voir la neige tomber par la fente des rideaux. Duck déclare qu'il espère qu'on en aura au moins deux mètres mais Allen lui répond qu'il dit des sottises car on ne trouve même pas une telle hauteur de neige au sommet d'une montagne. Ils se disputent à mi-voix, fixant du regard la porte de la chambre. De cette chambre où est Mama ne vient même plus le bruit de son souffle.

Amy dit tranquillement :

— Ote tes godasses mouillées. L'eau va être prête pour le café.

— Je ne veux pas de café.

Amy agite sa cuiller sous ton nez.

— Ne discute pas. Tu mettras du sucre.

— C'est pas bon. Même avec du sucre.

— Bon ou pas bon je m'en fiche. S'agit simplement de te réchauffer en dedans.

Tu ôtes tes chaussures et t'assois à la table. Elle met dans chacune des deux tasses une cuillerée de café en poudre et verse l'eau dessus et de la vapeur s'élève. Elle dit :

— Je vais m'en taper aussi une tasse, et assise à la table de la cuisine comme si j'avais trente-cinq ans. Tu peux faire pareil. On dira qu'on est trop vieux pour la télé.

— Laisse-moi sucrer mon café. Avec toi c'est jamais assez.

— Et toi, t'en fais un vrai sirop.

— C'est toi ou moi qui le bois ?

— Et puis c'est pas la place pour tes pompes, en plein milieu du plancher. T'as pas été élevé dans une porcherie.

Tu ranges tes chaussures dans un coin et tu sors le pack de lait du réfrigérateur. Mama boit le café noir et Amy le prend avec seulement du sucre pour faire comme les grandes personnes, mais toi tu l'aimes brun clair. Tu observes le ruban blanc dans le noir qui tout à la fois tourbillonne et s'élargit. Amy dit :

— Bois avant que ça refroidisse.

— Je boirai quand j'en aurai envie.

Tu souffles à la surface du liquide. Quand Delia était ici elle versait du café de la tasse dans une soucoupe et lapait comme un chat. Toi tu bois ton café convenablement, tu avales très vite parce que ça brûle. Aujourd'hui tu aimes le goût du café. Tu aimes aussi le calme de la cuisine, le bourdonnement du réfrigérateur et le sifflement du radiateur à gaz, ses briques réfractaires brûlantes, d'un beau rouge. Dans la salle de séjour la lumière est faible et Amy n'a pas allumé la lampe de la cuisine. Des flocons de neige voltigent contre les vitres.

— Papa doit être très loin, dit Amy

— Où il est je m'en fiche, tant que c'est pas ici. Peut-être qu'il restera longtemps parti.

— Possible, dit Amy l'air mystérieux.

Il vous vient à tous les deux la même idée et vous regardez le fauteuil vide. Vous n'avez plus rien à craindre de la salle de séjour, vous pourriez même vous asseoir dans ce fauteuil. Ça vous réconforte aussi de penser au froid et à la neige, dehors, et à la grand-route devenue silencieuse. Mais vous écoutez peut-être un peu trop. Il y a un tas de choses qui font un bruit semblable à celui d'un moteur de camion. Amy rit doucement, levant ses bras au-dessus de sa tête. Elle dit :

— On pourrait entasser toute la neige de la région et avec ça on bâtirait un mur pour empêcher Papa d'entrer dans la maison. Sauf qu'il pisserait dessus et la neige en fondant ferait un trou par où passer.

Tu ris trop fort, et elle dit chut. Mais elle te sourit, tu lui souris. Tu tiens entre tes mains la tasse encore chaude. Amy a bu la moitié de son café et toi tu as seulement pris une gorgée. Elle dit :

— Je vais m'en préparer une autre tasse. Et puis je resterai éveillée toute la nuit.

— Que tu boives ou non du café ça m'étonnerait que tu dormes.

— Alors ça sera comme la nuit dernière.

— Je voudrais pouvoir dormir sans me réveiller même s'il hurle. Sauf qu'alors j'aurais peur en me réveillant de découvrir ce qu'il aurait fait pendant que je dormais.

Tu remues encore la cuiller dans la tasse pour dissoudre le sucre. Amy allume la veilleuse du fourneau et met encore un peu d'eau à bouillir. Elle passe la main dans la vapeur.

— Tu m'as pas laissé ma part, dit-elle, inclinant le sucrier afin que tu constates qu'il est presque vide.

Tu traînes une chaise jusqu'au placard pour attraper le sac de sucre. Lorsque tu le soulèves, tu sens une douleur aiguë dans ton épaule. Tu poses le sac de sucre sur le buffet, les grains blancs collent au bout de tes doigts. Amy tient le sucrier tout près du sac et y verse du sucre, puis remet le sac à sa place. Quand tu te rassois, ton café a refroidi et tu peux le boire plus vite.

— Est-ce qu'il neige encore ? demande Amy à ses frères dans la salle de séjour. Duck se tient à la fenêtre, serrant le rideau dans son poing. Il dit :

— Ça tombe pas comme ça a tombé.

— Si ça s'arrête y en aura pas assez par terre pour qu'on manque l'école lundi.

— Ça a quand même tout recouvert, dit Duck.

— Une bonne journée de soleil et ce sera fondu.

— Il neige sur des centaines de kilomètres, dit Duck, pressant son visage contre la vitre. Ça n'arrêtera jamais et Papa ne rentrera pas à la maison.

Quant Amy emporte son café dans la salle de séjour tu te demandes si tu dois la suivre. Tu soulèves ta tasse et fait tournoyer dans le fond le reste du café. Tu bois et pose ta tasse sur l'évier. Dans l'obscurité ton regard se dirige vers la fenêtre de velours et un flocon s'en vient frôler le verre noir. Tu voudrais que tout demeure ainsi, paisible et calme, Mama endormie dans la chambre et pas la moindre dispute entre tes frères et sœur. Mais Duck annonce le passage d'un camion, il le dit assez fort pour que tu l'entendes et tu vas les rejoindre et guetter avec eux à la fenêtre.

Les phares éclairent la neige qui tombe. Tu peux à peine voir, par derrière, la forme du véhicule. Mais quand tu entends le klaxon tu ne doutes plus que c'est Papa qui longe lentement la maison. Dans la chambre, des pas étouffés. La porte s'ouvre. Une ombre grise. Mama. Elle dit tout bas :

— Eloignez-vous de la fenêtre. Vous êtes trop près.

Tu laisses retomber les rideaux et tu suis les autres, déjà groupés au centre de la pièce. Les flammes du radiateur à gaz rougeoient. Mama se glisse jusqu'à la fenêtre en boutonnant sa robe de chambre. Elle a laissé libres ses cheveux noirs. Elle se tient près de la vitre et elle guette le passage du camion. Elle dit :

— Il ne va pas s'arrêter.

— Il est venu par ici une fois déjà, dit Allen.

— Je sais. Je ne dormais pas.

Mama tire les rideaux mais continue à regarder entre les deux bords du tissu. Les feux arrière du camion décrivent une courbe et disparaissent. La neige luit sur la grand-route. Mama s'assoit sur la chaise de Papa, l'ongle du pouce entre les dents. Elle demande à Amy Kay de lui passer de l'anacine. Elle se frotte le front et respire profondément. La meurtrissure de son visage est devenue plus sombre. Elle prend les cachets que lui apporte Amy et les avale et pose le verre d'eau à côté du fauteuil. Amy offre de lui faire une tasse de café et Mama dit oui, merci. Tu la regardes, silhouette tassée dans le fauteuil, éclairée par le reste du jour qui vient de la fenêtre.

Grove est sur le divan et tu remplaces la glace à demi-fondue autour de son bras par un autre sac de glaçons. Il te remercie sans bouger. Il demande :

— Les portes sont fermées à clef ?

Amy répond :

— J'ai poussé une chaise contre la porte dans la chambre de derrière.

Mama est debout, tenant sa tasse et oubliant de boire. Elle dit :

— Je vais vérifier les fenêtres.

Elle met son cardigan sur ses épaules, en laissant pendre les manches. Elle va d'une fenêtre à l'autre, et regarde le reflet de son visage dans la vitre. Tu la suis de pièce en pièce. Dans sa chambre, tu appuie ton front contre le verre et souris de voir les champs éclairés. La lune est d'un blanc pur, brillant entre les nuages.

— Il y a tant de courants d'air dans cette maison, dit Mama de la chambre du fond, c'est un miracle qu'on s'envole pas tous.

Mama est au milieu de la pièce, frissonnante.

— Cette chambre est si froide. Comment réussissez-vous à avoir assez chaud, vous les jeunes ?

Dans sa chambre tu remarques sur le lit les couvertures défaites. Tu entends son pas léger et la suis dans la salle de séjour. Elle observe la grand-route, tenant la tasse de café si près de son visage que la vapeur brouille sa vue. La neige tombe moins fort. Les flocons sont plus petits, à présent, des points de lumière suspendus dans l'air. Là-haut parmi les nuages, la lune devient encore plus brillante. Les nuages se disloquent. Sur la grand-route tu vois des traces de pneus.

— On a vérifié la porte d'entrée ? demande Mama.

— Je l'ai fermée à clef, dit Amy.

— Cette petite serrure, c'est pas ça qui arrêtera Papa, dit Duck.

Mama s'assoit dans le fauteuil et boit son café. Tu la remplaces derrière la fenêtre. Quand tu appuies ta tête contre la vitre, le froid pénètre comme une pointe qu'on t'enfoncerait dans le cerveau. Tu suis le dessin de la neige entre les racines d'un sycomore. Quelqu'un monte le son de la télévision. La lumière bleuâtre colore la pièce, douce sur les visages immobiles de tes frères. Du poste de télé viennent de légers rires, mais tes frères ne rient pas.

Quand tu te tournes vers la fenêtre c'est comme si tu savais déjà.

Des phares allumés sur la route neigeuse.

— Le camion revient.

Amy éteint la télé. Lorsque Mama soulève le coin du rideau tu reconnais l'odeur du savon qu'elle a utilisé pour se laver les mains. Doucement elle te tire en arrière. Cette fois le camion roule plus lentement. Quand il arrive près de l'allée la peur te saisit. Mais Mama continue à guetter, en tripotant le bord des rideaux. Puis elle dit calmement :

— Il s'arrête pas.

Le klaxon encore une fois, quand le camion passe devant la maison, tu comptes les coups, un tous les quatre battements de cœur, qui font écho dans la pièce silencieuse et la remplissent et tu frissonnes. Mama laisse retomber le rideau et va et vient au centre de la pièce. Amy et Allen la retiennent en l'entourant de leurs bras aussi haut qu'ils peuvent atteindre. Mais toi tu n'oses pas l'approcher. Elle jette un regard vers leurs têtes appuyées contre son corps. Elle est pâle et les traits tirés. Elle attend de voir disparaître les lumières rouges.

Quand les lumières ont disparu tu contemples l'étendue de neige. Les nuages sont réduits en lambeaux et la neige ne tombe plus. Les sillons des champs que la pluie a érodés, les fossés profonds creusés dans la sombre argile des rives ne sont que blancheur parfaite. Tu la contemples et une partie de toi s'y perd, s'y dissoud, et tu n'as pas peur, tu es vide. Mais tu sais déjà qu'un tel vide absolu ne durera pas.

10

Amy dit à Mama qu'elle devrait retourner au lit et se reposer encore un peu.

— Comment savoir jusqu'à quelle heure il t'empêchera de dormir, ce soir, a dit Amy. Allonge-toi et ferme les yeux.

Du fauteuil, Mama répond, la voix rauque, qu'elle ne se repose pas mieux quand elle est couchée.

— J'entends des bruits dans le noir. Et je me dis qu'il est derrière ma fenêtre, et qu'il écoute.

Mais elle se lève. Elle s'approche de Grove et lui touche le front de la paume. Finalement elle dit encore :

— Appelez-moi si vous entendez le camion.

Elle vérifie encore que la porte de devant est bien fermée à clef. Tu la regardes disparaître dans la chambre, la porte se referme sans bruit. Aussitôt, Amy vous fait signe d'approcher. Elle murmure :

— Restez pas assis là comme des idiots. Papa peut revenir d'une minute à l'autre. Faut faire le guet.

Vous les garçons, vous hésitez. Amy siffle pour s'assurer votre attention. Elle vous répartit les postes de garde. Grove occupera la salle de séjour où il peut s'étendre sur le divan. Allen est chargé de surveiller la fenêtre du débarras. Duck la fenêtre au-dessus de l'évier de la cuisine. Il tirera une chaise tout près afin d'être à bonne hauteur. Amy se charge de la chambre du fond.

— Et toi, puisque tu aimes tant aller dehors, tu te places à l'entrée par derrière. De là tu verras jusqu'au bord de l'eau.

Vous vous regardez, vous vous sentez devenir des adultes. Vous vous dispersez pour prendre position. Amy te fait traverser sur la pointe des pieds la chambre de Mama. La lumière venant de la vitre souligne la silhouette immobile de Mama. Elle a ramené son bras sur son visage.

Amy se dirige vers la chambre du fond. Elle se tient près de la porte donnant sur le porche, Tu mets ton manteau ; avec un pâle sourire elle t'ouvre la porte. Tu sors dans le froid et elle effleure ton front d'un baiser.

Tu te tournes et tu fais face à l'obscurité. La première rafale de vent glacé réveille la douleur de ton épaule. Tu te blottis au coin du mur, tu t'assois dans l'ombre sur un vieux poêle que la rouille a teinté d'orange et qui tache ton pantalon, mais du moins ce siège est sec. Tu reconnais dans la cour les formes sinistres : l'appentis rempli d'outils rouillés et de ferraille, le grand poteau électrique à côté du cèdre, le chassis du vieux camion, le fil pour étendre le linge, le container aux ordures. De temps à autre un flocon de neige dérive jusqu'à la lumière. Tu comptes les flocons. Tu fouilles du regard l'obscurité, au cas où Papa se cacherait dans l'ombre. Ce serait bien une idée de Papa de se tenir dans l'ombre à surveiller la maison d'un endroit où personne ne peut le voir. Maintenant que tu as imaginé ça, tu te sens mal à l'aise. La cour est vide. Tu te lèves. Tu te places de façon à voir en entier la courbe de la rivière.

Queenie rôde dans la neige en bas des marches. Quand tu as passé le seuil de la porte elle s'est dressée en remuant la queue, comme si elle t'avait attendu. Tu t'approches d'elle et la grattes derrière les oreilles. Elle fourre son nez humide au creux de tes mains. La cour est silencieuse et le silence t'oppresse. Tu caresses la chienne pour te réchauffer les doigts. Tu l'emmènes jusqu'à l'angle de la maison, là où Duck ne peut vous voir de sa fenêtre. Tu t'agenouilles dans l'ombre et prend les oreilles de Queenie dans ta main. Tu lèves les yeux vers les champs.

D'abord tu vois seulement un gouffre noir. La lune est à présent voilée par d'épais nuages et il te faut un moment pour distinguer la limite du champ et les bois, au-delà. Si Papa est caché dans les parages tu ne peux que rester immobile et attendre. Le froid te pénètre, tu retiens ton souffle. Des minutes passent. Un moment tu te retournes pour regagner l'abri du porche, en te disant que si Papa apparaît Amy le verra. Mais alors, contre ces arbres lointains, une petite flamme jaillit, à l'angle du champ. Quelqu'un a gratté une allumette et l'a jetée dans la neige.

La silhouette de Papa se confond avec les arbres. Tu as vu la lumière. Lui tu ne peux pas le voir, il n'est qu'une ombre dans l'ombre. Mais tu sais qu'il est là, quelque part et tu gèles sur place à le guetter. S'il bouge tu le verras peut-être. Tu recules lentement jusqu'au mur et tu t'accroupis dans la neige qui mouille la toile de ton jean.

Tu attends longtemps. Tu crois deviner un obscur mouvement, comme des jambes qui marchent. Ça ne dure pas. Si le camion était à l'arrêt tu verrais là-haut sur la route briller les vitres dans la clarté de la lune, mais tu ne vois rien.

Et puis tu vois Queenie. Au bord du champ, remuant la queue, fixant un point dans l'obscurité. Elle bondit au travers des sillons blancs et bientôt tu sais où elle va : elle se dirige droit vers Papa, loin là-bas dans la neige, minuscule tache noire.

Il siffle. Le vent porte le bruit jusqu'à tes oreilles.

Il tient son bras valide un peu écarté, il a dans la main quelque chose qui scintille.

Queenie se frotte contre sa jambe. Il s'arrête et la regarde. L'objet brillant s'immobilise, simple courbe, et d'abord tu ne sais pas ce que c'est. Mais soudain un reflet sur le métal poli te fait comprendre qu'il s'agit d'une lame. Un couteau, une chose dure et froide et luisante, comme si la neige et le vent et le clair de lune s'étaient réunis dans sa main.

Un instant il caresse Queenie. Il pose le couteau à plat sur son dos. Il prononce des mots que le vent déforme et brouille. Tu te demandes s'il t'a vu. Tu t'appuies contre le mur. Il marche à nouveau, et Queenie redresse la tête quand il la laisse.

Tu dois avertir Amy.

Papa peut couvrir du terrain comme un serpent.

Tu te déplaces furtivement le long de la maison, en restant dans l'ombre. Tu refermes la porte grillagée et rentres dans la pièce du fond. Amy, postée à la fenêtre, se tourne vers toi.

— Tu l'as vu ?

— Tu dis à voix basse :

— Regarde là-bas dans les champs. Près du chemin.

Elle se penche vers la vitre.

— Viens me montrer où.

Tu presses ton visage contre le verre glacé. Quand tu montres du doigt la silhouette grise, le visage d'Amy lentement se fige. Elle dit :

— Il tient quelque chose à la main.

Et elle se glisse comme une ombre vers la chambre.

Elle est près du lit de Mama. Toi tu vas jusqu'à la fenêtre et tu scrutes la nuit, entre les rideaux. Lorsque Amy annonce tout bas la nouvelle, Mama se lève en chemise de nuit. Elle met son peignoir et un vieux gilet. Debout à côté de toi elle demande :

— Tu le vois ?

Et tu réponds :

— Il est maintenant près de la corde à linge.

Amy est derrière vous et baisse la tête. Ses mains se crispent, elle serre les poings. Papa avance, noir sur la neige blanche. Il cache le couteau derrière lui comme s'il se doutait qu'on le guette. Juste comme tu vas dire à Mama ce qu'il tient elle chuchote :

— File t'assurer que tout est fermé à clef, Danny. Et toi, Amy, envoie-moi Allen Ray et Duck. On va bloquer les portes avec des meubles.

Papa relève la corde à linge afin de passer par-dessous. Le couteau brille de givre. Mama regarde et vous pousse un peu :

— Faites ce que je vous dis.

Tu cours vers la chambre du fond et tu mets le verrou. Des ombres bougent dans la pièce. Tu sens un frisson dans ton cou.

Mais c'est seulement quand tu te retournes que tu vois tout proche de la vitre le visage luisant de Papa.

Tu t'aplatis contre la porte. Tu entends marcher dans la salle de bains et tu cries :

— N'entre pas.

Allen s'arrête brusquement sur le seuil. Tu fais comme si tu ne le voyais pas. Tu regardes Papa et il te regarde et reste immobile. Sa voix rauque vibre contre le verre. Il tapote la vitre du manche de son couteau et tu détournes les yeux. Il ricane. Un peu plus tard Allen murmure :

— Il est parti.

Toi et Allen vous poussez la commode contre la porte. L'effort fait palpiter ton épaule.

La commode avait déjà été poussée contre une autre porte qui conduit directement dans la cuisine. Mama voulait la clouer. Mais maintenant tu tires le verrou et Amy dans la cuisine paraît satisfaite.

— Papa était à la fenêtre, souffle Allen. Il a vu Danny fermer la porte à clef.

Le bruit étouffé par le mur et la fenêtre, quelque chose de lourd s'abat sous le porche, contre la porte grillagée.

Tu dis :

— J'ai mis le crochet.

— Il peut l'arracher, répond Amy.

— Mais on a poussé la commode contre le battant de la porte.

— Cette maison a trop de portes.

Tu entends le grillage qui cède juste comme Amy l'a prédit, et un bruit de pas lourds sous le porche. Papa lance un juron quand il se cogne au vieux poêle qui sert de support aux plantes en pot. Ce n'est qu'un cri bref. Il marche à pas feutrés. Tu entends son souffle au-delà de la peinture écaillée. Et soudain la peinture dessine dans la pénombre le visage d'un homme. Papa gratte doucement à la porte. Tu penses à la lame du couteau et Papa marmonne quelque chose et tu touches l'image de l'homme et marmonne toi aussi quelque chose et juste au moment où la lame du couteau crisse sur la serrure Allen dit :

— Faut pas le laisser entrer.

Un moment passe. Quelques instants encore. Papa redescend pesamment les marches du porche et recule dans la cour. Tu prends Allen par la main et le tires vers la salle de séjour. Là tu vois Amy à quatre pattes. Elle lève la tête vers toi :

— Reste pas là sans rien faire. Aide-moi. Mama se souvient plus où elle a mis ses chaussures.

De la fenêtre, Mama dit :

— Il est près de la maison. Il a la chienne avec lui.

— Queenie ? dit Grove se redressant brusquement.

— Elle aura une fichue râclée pour être allée avec Papa, dit Duck.

Tu cours à la fenêtre et tu contemples ce terrain tout blanc de neige où se tient ton père, silhouette sombre, et la chienne à son côté se dandine avec ravissement. Maintenant tu peux voir le sourire figé de Papa.

Le visage de Mama est blême au clair de lune.

Tu entends les pas et puis le grincement de la clenche. Papa ne dit rien. Mais soudain la porte s'effondre, arrachée de ses gongs dans un grand fracas. La chaise poussée contre elle est projetée plus loin. Mama avance jusqu'au seuil de la cuisine et regarde.

Ça tourne dans ta tête : de la cuisine à la chambre de la chambre au séjour et puis à la cuisine.

Le cercle parfait des portes.

Vous, les enfants, vous regardez Mama, même à l'instant précis où la porte cède. Le vent froid entre en tourbillon. Papa contourne la chaise. Sa voix est basse, une sorte de grognement. A le voir tituber tu comprends qu'il est complètement ivre.

— Alors on m'interdit l'entrée de ma putain de maison ?

Il n'a pas à lever le couteau, tous les regards sont fixés sur la lame. Quand il s'élance vers Mama elle disparaît dans la cuisine, et il est juste derrière elle, et ses pas font trembler la maison tout entière.

le cercle est une roue, tu es au-dessous de son centre, le moyeu est un œil qui regarde en bas quand tu regardes en haut

tes doigts se crispent sur le rideau et tu entends ta mère crier.

Quand elle se précipite à travers le séjour elle vous jette un regard terrifié, et tu vois l'entaille dans la manche du cardigan, mais pas de sang sur le peignoir en dessous. Papa la suit, et puis avec un sourire il fait demi-tour pour l'attraper dans la direction opposée. Amy crie d'une voix faible mais claire :

— Il vient de l'autre côté, Mama.

Papa se retourne vers elle et Amy plonge sous la table. Il te regarde et tu as de la peine à respirer. Par la porte ouverte de la chambre tu vois l'ombre de ta mère, qui s'efforce de déplacer la commode.

La commode devant la porte l'empêche de s'enfuir hors de la maison. Papa reprend la poursuite et elle court, et tu cours derrière eux à travers les pièces, retenant ton souffle. Dans la chambre du fond tu luttes en silence avec la commode jusqu'à la repousser assez loin pour que la porte s'ouvre. Le sang bat dans ton épaule. Derrière toi des bruits de pas et des cris d'effroi. Tu tires le verrou, appuies sur la clenche juste au moment où tu entends ta mère dans l'autre pièce, et quand tu ouvres la porte elle a reculé dos au mur de la salle de bains et Papa rit, pensant qu'il l'a attrapée. Mais elle voit la porte ouverte et la clarté qui vient du dehors et elle se précipite vers la cour.

Papa cligne des yeux comme s'il se demandait ce qui lui arrive. Puis, alors que tu n'as pas encore bougé, Amy est là, t'agrippant par le bras et toi et les autres vous rassemblez les couvertures du lit, vous mettez vos chaussures et enfilez vos manteaux, et vous voilà tous dehors dans la neige et le clair de lune.

Le froid vous explose au visage. Grove court devant toi et Duck court à côté de lui, prêt à le retenir s'il tombe. Grove grimace à chaque pas en soutenant délicatement son bras. Amy et Allen attendent sous le dernier sycomore, des couvertures sur les épaules et les cheveux emmêlés par le vent qui vient des champs. Amy enveloppe Duck et Grove dans une couverture et Allen t'en passe une autre que le vent t'arrache presque des mains.

Tu entends, venant du porche, des bruits de pas et des jurons.

— Cache-toi derrière l'arbre, chuchote Allen.

— Où est Mama ? demande Duck.

Le vent souffle dans le lacis des branches, c'est comme un cri dans les filets noirs de l'ombre, la lune apparaît entre les nuages et brille dans un ciel pur et noir.

Papa se racle la gorge et crache.

Est-ce que Mama se serait encore glissée sous la maison ? Non. Tu es secoué d'un frisson et tournes la tête. Là, dans le champ aplani par la neige, Mama court à travers les chaumes vers les ombres agitées des pins.

Tu entends Papa courir lui aussi, et puis tu le vois, et un grand froid te prend à la gorge.

En haut en bas, l'éclair d'argent.

Tu t'éloignes des arbres et tes frères font de même, Amy est la première dans le champ. Et tous vous courez, courez, et soudain, de loin, Mama vous voit et s'arrête. Elle vous fait signe de vous enfuir, mais elle ne peut pas attendre pour s'assurer que vous obéissez. La neige profonde ralentit sa course. Les jambes de Papa sont plus rapides ; sur le sol il est une ombre aplatie. La distance diminue entre eux et tu te dis que sûrement il va la rattraper. Amy appelle Mama et tous vous criez son nom et Papa trébuche dans la neige. Il se relève en jurant, couvert de neige et reprend la poursuite, mais Mama disparaît parmi les arbres de la forêt, sa robe blanche se dissoud dans l'ombre.

A nouveau Papa trébuche dans les tiges de blé et tombe.

Amy vous rassemble autour d'elle. Elle dit :

— On ferait mieux de pas s'approcher. Mama pourra pas se cacher si elle doit s'occuper de nous.

— Est-ce qu'il va la tuer ? demande Grove.

Personne ne répond.

Papa s'agite un moment à l'endroit où Mama a disparu. Ses pas tracent dans la neige un sentier sombre. Le vent nous apporte ses cris.

— Je te trouverai, salope. Je te trouverai même s'il faut pour ça que je cherche derrière chaque arbre qui a jamais poussé sur terre.

Allen se rapproche d'Amy.

— Je sais que tu m'entends, hurle Papa. Tu ferais bien de courir si tu veux t'échapper.

Il tend son bras valide et l'acier brille. Et il ajoute :

— Mais ne crois pas que les enfants vont s'en tirer. Je les ai tous avec moi dans le champ. Tu les vois ? Tu ne t'échapperas pas tant qu'ils seront là, tu penses bien que je le sais. Pour toi dix comme moi ne valent pas un seul d'entre eux.

Quelque chose bouge dans les buissons. Une tache blanche. Ton cœur se soulève.

Papa a vu et se précipite.

Ce n'est pas Mama. C'est Queenie. La queue frétillante, elle sort du taillis et trotte vers Papa.

Quand Papa la voit il s'immobilise.

Il parle plus bas mais tu l'entends encore.

— T'es une chienne juste comme cette chienne-la.

Queenie renifle la cheville, lève la tête vers lui tandis qu'il reprend :

— T'es rien qu'une chienne, comme cette chienne, tu m'entends ?

Il lève le bras et l'objet luit dans sa main. A cette distance ça ne paraît qu'un minuscule arc d'argent, mais pour Queenie, lorsque cette lame descend vers elle, ça doit être brutal comme le tonnerre. Encore, encore, encore. Il te faut un moment pour comprendre ce que Papa vient de faire.

Et maintenant tu sens les coups en toi.

il soulève la chienne par les pattes de derrière et balance le cadavre dans la forêt

après, il reste comme à l'écoute

longtemps il contemple sa main

il s'accroupit et recouvre de neige la tache sombre et reste immobile, tenant toujours le couteau

le fait tourner entre ses doigts, et le couteau ne luit plus tu n'arrives pas même à avoir peur

Mama sort du bois et demande, la voix claire :

— C'est fini, maintenant, Bobjay ?

Lentement il se retourne. Le couteau pend entre ses doigts.

Mama s'avance dans la neige. Il crie :

— Je devrais te tuer.

Mais Mama ne répond rien, elle reste à bonne distance et vient vers vous. Elle a l'air soulagée et s'agenouille et vous prend dans ses bras l'un après l'autre et vous levez le visage vers elle. Elle dit :

— Marchez sans bruit, bien calmement. Il ne sait pas ce qu'il a fait.

A voix basse tu demandes :

— Est-ce qu'on va rester ici.

Elle dit simplement :

— On irait où ? Marchez. C'est tout ce qu'on peut faire. Sans bruit et dans le calme. Sans vous retourner pour le regarder.

11

Elle ferme la porte derrière vous et allume la faible lampe entre les lits. Elle dit à Grove de s'étendre bien calmement sur un des lits et elle reste là à l'observer.

— Ton bras, il te fait très mal ?

— Non Mam', il est si froid.

— Amy, va lui chercher un peu de neige dans une serviette.

Amy obéit en silence, prend une serviette et ouvre la porte de derrière, en secouant ses cheveux. Quand elle revient elle dit :

— Papa est encore au même endroit.

— Je suppose qu'il s'est surpris lui-même, dit Mama, sans vous regarder.

Amy arrange la serviette contre le bras replié de Grove.

— Papa est méchant, dit-elle. C'est comme le diable.

Mama secoue la tête.

— Tu ne dois pas penser à ton Papa comme à un méchant homme.

— Il a tué Queenie, dit Duck.

Personne ne fait de commentaire. Tu fermes les yeux pour ne plus voir mais rien ne peut t'empêcher de voir : cette chose morte qui tourbillonne, lancée à la volée entre les arbres. Mama dit de vous préparer à aller au lit. Tandis que tu mets ton pyjama tu entends la porte de devant s'ouvrir et se refermer.

Des pas lourds résonnent dans la maison. Au fond des yeux de Mama il y a de nouveau une ombre et tu veux désespérément que ça disparaisse. Papa est à présent dans la chambre voisine et contemple le lit défait. Maintenant tu l'entends dans la salle de bains. Tu te retournes à moitié, tu aperçois ses chaussures. Sa voix te donne des frissons. Il dit :

— Je me demandais où vous étiez tous.

— Pour les enfants c'est l'heure d'aller au lit.

Il dit :

— Oui, je suppose.

— Va t'asseoir et quand j'en aurai terminé avec eux je te ferai du café.

— Il est malade, notre bébé? demande Papa.

Quand il s'approche, Mama avale sa salive avec peine. Mais sa voix reste ferme.

— Son bras enfle. Mais je le tiens bien au froid.

Papa acquiesce de la tête et s'éloigne d'un pas pesant. Tu vas jusqu'à la porte et tu vois son dos se perdre dans l'ombre. Mama regarde Grove et lui caresse le front. Puis elle vient vous border l'un après et l'autre et vous donne un baiser. On dirait presque que c'est un adieu. Elle éteint la lumière et vous entendez ses pas qui s'éloignent très loin, plus loin encore. Tu fixes le plafond et tu sens s'épaissir la nuit.

Longtemps tu restes éveillé, à l'écoute. La maison est tranquille. Vos respirations ont chacune leur son particulier. Tu peux les compter. Une fois ou deux tu entends le martèlement des chaussures de Papa et tu te demandes où il marche. A d'autres moments tu entends le bruit étouffé des pas de Mama, Tu imagines qu'elle le guette, qu'elle le surveille. Elle attend qu'il s'installe dans son fauteuil pour aller dans la cuisine. Tu crois voir l'allumette qu'elle craque pour allumer le poêle, tu crois entendre le petit sifflement de la flamme. Tu laisses errer ton regard dans le noir au-dessus de toi. En toi quelque chose tournoie et chavire. Tu n'entends rien d'autre que Mama qui fait du café et le vent contre la fenêtre. Une rafale de flocons venant des sycomores. Tu te dis que Mama est devant la fenêtre et boit son café. Tu sais qu'elle est debout parce que tu as entendu Papa lui dire de s'asseoir et elle a murmuré qu'elle ne veut pas s'asseoir, qu'elle se sent trop nerveuse pour rester immobile. Papa regagne son fauteuil. Mama est silencieuse.

Et encore tu peux la voir contempler, à travers la vitre, la neige et la lune, et peut-être les arcs de lumière sur les branches de l'arbre givré, et la vapeur du café monte vers son visage. Elle se dit peut-être qu'elle aimerait être blottie sous une couverture, dehors dans les bois. Peut-être même que ça lui serait égal de dormir exposée au froid. Elle boit son café et respire très fort. Le temps passe. Les bruits habituels de la maison se font plus rares. Près de toi, Allen, épuisé, s'est endormi. Tu entends le souffle régulier de Duck, et celui de Grove. Amy ne fait aucun bruit. Tu entends la toux rauque de Papa, le craquement de la chaise, le frottement d'une autre allumette. Plus tard Papa demande à Mama de lui ôter ses chaussures, elle hésite et puis elle le fait, tu entends les gros brodequins retomber sur le plancher. Le silence. Puis les pas incertains de Mama de la cuisine à la salle de séjour. Tu te l'imagines qui passe de la lumière à l'ombre. La maison devient paisible, plus rien que le bourdonnement du réfrigérateur et les battements de ton cœur qui compte les instants de la nuit. La pièce est obscure et pourtant tu vois tout, les lits et leurs ombres graduées, les vêtements laissés sur le sol, Duck vautré dans ses couvertures, Amy qui dort la bouche ouverte. Grove s'agitant sans cesse et marmonnant des paroles confuses. Allen couché en rond, recroquevillé, qui ne te touche pas. Tu restes tendu malgré le calme. Dans la salle de séjour Papa s'agite sur son fauteuil. Mama vient se laver les mains dans le lavabo de la salle de bains.

Soudain ils parlent. Leurs voix sont calmes. Des bribes de conversation et le silence entre deux. De temps à autre il y a un mot que tu reconnais : parfois ton nom, ou celui de Grove, ou de Queenie, ou plus tard de Delia. Les sons comme un ruisseau qui te traverse la tête. Et puis des images vagues qui défilent aussi : Delia riant dans la cuisine, la robe jaune orange qui pend à une patère, les mains blanches de Mama sur la clenche de la porte, le champ au clair de lune, le corps de Queenie tournoyant au-dessus des buissons. Tu te souviens de la terre molle sous la maison, des jambes de Papa et du froid qui te mordait la peau. A nouveau tu entends Papa marcher et Mama dire :

— Je n'ai pas envie d'aller au lit pour l'instant.

Les mots passent distinctement au-dessus de ta tête. Au bout d'un moment le matelas de la pièce voisine geint sous le poids de Papa. Et toi tu te sens plus lourd dans le silence qui suit. C'est peut-être que tu t'endors. Quoique même à présent que ton esprit sommeille tu demeures aux aguets dans la nuit et rien ne peut bouger dans la pièce qui ne ramène en toi quelque autre image.

Dans la salle de séjour Mama va et vient sans répit et sûrement elle se demande ce que sera le matin suivant. Papa se tourne et retourne et les ressorts grincent, il tousse violemment et ça te réveille, et c'est comme si une main dans l'ombre se retirait de sur ton épaule. Tu peux sentir quelqu'un qui de très loin scrute l'obscurité. Peut-être sais-tu que Mama attend que Papa s'endorme pour aller se coucher à son tour. Et qu'elle a attendu ainsi bien des nuits, avant et après cette nuit, et sans doute tes souvenirs sont-ils des rêves d'autres nuits : sans doute lorsque tu dors sens-tu toutes ces nuits, passées et présentes, qui s'étendent en avant et en arrière sur de nombreuses années.

Tu t'agites, tu tressailles ; quand tu touches Allen, cette fois c'est toi qui te rétractes.

La toux de papa ponctue la nuit, te ramène au bord de l'éveil. Quelqu'un craque une allumette. Dans un rêve tu vois un éclair orange. Dans la salle de séjour Mama s'engourdit et ferme les yeux. Elle sait que Papa attend. Mais elle reste près de la fenêtre à regarder la lumière tomber sur la neige comme un feu blanc. Du vide émergent des signes : un éclat de phares sur la route, la dérive d'un nuage pâle ou dans la maison silencieuse le craquement du bois, le bruit soudain d'un pas lourd. Papa s'avance jusqu'au seuil de la porte et il demande :

— Tu viens au lit, chérie ? J'ai si froid tout seul.

— J'ai pas encore envie de dormir, dit Mama le dos tourné.

— Rien d'étonnant que tu ne dormes pas, avec tout ce café que tu bois.

— J'en ai besoin pour me détendre, dit Mama.

— Moi j'ai besoin de toi pour me détendre, dit Papa.

— Si je me couche je vais pas pouvoir rester tranquille. Je vais m'agiter toute la nuit.

Un instant de silence et Papa change de ton.

— Approche et regarde-moi.

— Arrête je t'en prie, Bobjay. Allonge-toi bien calmement tu finiras par t'endormir.

— Je peux pas me reposer sans toi. Tu sais ce que ça veut dire.

Mama frissonne et croise fort les bras.

— Je ne pense pas que je pourrais pour le moment supporter que tu me touches

— Je t'ai pas demandé si tu pourrais, fait remarquer froidement Papa.

Elle dit adieu à la paisible vision : la neige blanche dans la cour et au-delà. Elle laisse les rideaux retomber. Quand elle se retourne elle retient son souffle.

Il a le couteau. Il le tient si légèrement. Il s'appuie tout souriant au cadre de la porte, sa chair luit, pâle et dure. Il tend le bras pour éteindre la lampe. Dans le noir il parle si bas que sa voix rappelle à Mama le ronronnement d'un chat.

— Viens te coucher. Il est tard.

Il agite le couteau taché de sang. Elle prend une profonde respiration et secoue sa chevelure sombre. La pensée qu'elle devrait fuir à nouveau la fait sourire. Elle passe calmement devant lui pour entrer dans la chambre.

Elle surveille la fenêtre. Quand elle l'entend qui la suit, elle se dit qu'elle va s'en tirer, elle vivra. Il s'étend sur le lit auprès d'elle et elle sent le matelas s'enfoncer. Ce fléchissement la fait glisser vers lui. Le clair de lune pénètre par la fenêtre colorant d'argent un coin du plancher. Toute la maison est maintenant sombre et silencieuse. De la chambre du fond ne vient que la légère haleine des enfants endormis.

— Couche-toi, dit Papa.

Chose étrange, lorsqu'elle se retourne, le couteau ne l'impressionne plus. Elle a même presque envie que cette lame s'enfonce en elle, lui apportant le repos. Elle dit à voix basse :

— Pose ça.

Et Papa bat des paupières. Il pose le couteau sur les draps. Quand il se redresse contre l'oreiller elle ne voit plus le couteau. Papa sourit, ça ira. Il se penche vers elle, sa main descend doucement pour la toucher et elle retient son souffle. Mais lorsque la main est sur elle, elle frémit. Oh elle doit rester tranquille. Mais rien ne peut l'empêcher de trembler et de s'écarter de l'homme qui s'écarte lui aussi et l'observe d'un regard noir. Elle murmure :

— Je ne vois pas à quoi d'autre tu pourrais t'attendre, aujourd'hui.

— Tu es ma femme.

Sa voix résonne. Elle lui dit de ne pas faire de bruit, ça réveillerait les enfants mais il lui couvre la bouche de la main. Il se glisse contre elle. Elle s'efforce à nouveau de se détendre, de laisser son mari la prendre. Mais près de l'épaule de Bobjay elle voit le couteau. Ça lui rappelle la chienne blanche. A l'instant même elle est à nouveau dans le bois, ses mains écartant les feuilles, regardant l'homme qui se courbe vers la bête et frappe, frappe, et pour finir envoie le cadavre tourbillonner en l'air et son ombre traverse la neige. Elle entend la chute du corps derrière elle, c'est seulement quand elle se retourne qu'elle voit comme il est proche. Queenie s'est abattue entre les racines d'un chêne et Mama se penche sur son corps et compte les profondes blessures, le ventre déchiré lourd de vie éclatée. A présent cet homme l'embrasse dans le cou. L'odeur de cet homme s'épaissit et l'entoure. Il demande :

— Pourquoi tu joues la fille froide ?

Elle dit :

— Je suis froide.

Il dit :

— Laisse-moi te réchauffer.

Mais l'odeur, c'est trop. Elle recule et ses yeux s'assombrissent.

— A qui tu rêves, maintenant ? Qui c'est, celui que tu voudrais si fort ce soir que tu ne me veux pas, moi ? Quand je suis rentré j'ai bien vu que le lit était défait.

— Je rêve à personne.

Elle a un sursaut quand il touche sa chemise. Il insiste :

— Y a bien quelque chose qui fait que tu es si froide avec ton mari.

— Et tu 'as pas la moindre idée de ce que c'est ?

— J'ai ma petite idée.

Elle le regarde droit dans les yeux et dit :

— Je ne veux pas être près de toi. Je peux pas le supporter. J'aimerais mieux que tu me tues comme tu as tué ce chien.

— Je lui ai fait aucun mal, à la chienne.

Sa voix est plus forte et plus violente. Tu t'agites, Danny, dans ton sommeil, comme si tu voulais témoigner. Elle sent que Bobjay s'est immobilisé avant d'en être effrayée. Il se redresse et elle voit ce qu'il cherche. Sur son visage, la même froideur et la même dureté que cette lame du couteau.

— J'ai pas fait de mal à la chienne. Et à toi non plus.

Ce qu'il dit la paralyse et aussi ses traits grimaçants et, sans raison, elle pense à lui au début quand elle l'a connu, puis quand ils étaient des nouveaux mariés, et elle se rend compte qu'alors il avait l'air beaucoup plus doux, qu'il a changé, qu'il est devenu celui qu'il est à présent, qu'il le restera. Il soulève l'extrémité bleuâtre de son moignon. Elle se dégage mais soudain il est penché sur elle et elle ne peut plus bouger. Le couteau brille près de ses yeux. Quelque chose dans son regard la porte à croire qu'il ne la reconnaît plus.

Quand il lève le couteau le froid gagne tout son corps. Elle fixe le vide, elle croit lancer un cri et ne produit aucun son. Et cette simple lame et ce geste et cette nuit c'est tout ce qui reste encore, et après il se pourrait qu'il n'y ait plus jamais rien. Les battements violents de son cœur lui rappellent qu'elle doit respirer, respirer et elle contemple l'homme au-dessus d'elle. Elle se rassemble toute en un sanglot et elle l'entend rire. Mais ce n'est pas lui. Elle n'a jamais été si loin de lui. Elle sait que le couteau coupe dans sa chemise de nuit. Le bout de la lame est froid.

Il sourit mais elle n'est pas sûre qu'elle le regarde. Elle ne regarde rien, elle regarde le plafond et l'ombre qui se retire. La voix la poursuit. Il dit :

— Je suis pas assez bon pour toi. Je suis de l'ordure. Une saloperie que tu ne veux pas toucher. Pour toi y a rien d'assez bon sauf tes enfants. Tu les aimes trois fois comme tu m'aimes.

Elle étouffe un cri quand le fil de la lame glisse contre sa peau. Il ajoute :

— Depuis le jour où y en a un qui est né tu n'as pas eu le moindre instant pour moi.

Elle dit :

— Arrête, je t'en prie. Je vais baiser avec toi.

— Oh non, je suis pas assez bon pour toi, moi je suis pas de ton sang.

— Je t'en prie. Je ferai tout ce que tu voudras.

— Mais tu aimes ça seulement avec les tiens. Eh bien, je vais t'en donner un tout de suite, des tiens.

Tu as dû entendre, Danny, même s'il parlait bas ; tu as dû entendre, parce qu'il parlait de toi.

tu te souviens des pas, ou peut-être que le bruit revient à ta mémoire quand tu entends la toux dans la salle de bains

ou bien ton souvenir commence seulement quand il touche ton épaule meurtrie ; et ça te rappelle cet après-midi lorsqu'il t'a soulevé et tu te souviens de son air étrange, il t'agrippe à l'épaule et tu te frottes les yeux ; tu fais peut-être un léger bruit ; quand tu le vois tu te raidis, il secoue la tête, pensif. Et puis :

— Viens, dit-il, d'un ton qui gronde jusque dans tes os. Ta mère veut te voir.

tu as quelque chose à lui demander, maintenant, pendant qu'il est encore temps

mais il te soulève comme une poupée sans vie et tu ne cries pas, malgré l'intense douleur dans ton épaule, il t'emporte tout pâle à travers la chambre jusqu'à l'autre chambre où Mama attend, entortillée dans les draps, te contemplant et contemplant le couteau dans la main de Papa ; ça n'est pas un long voyage, ça te conduit simplement où tu serais resté si ta Mama s'était tenue en temps voulu à l'écart de ton père.

12

Le matin quand tu te réveilles une lumière blanche remplit toute la chambre, soulignant le dessin du bois qui revêt les murs, et les bras d'Amy repliés sur la couverture. La lumière met son chatoiement jusque dans les coins les plus sombres. Tu t'assois sur ton lit, en prenant garde à ne pas meurtrir ton épaule, et de là tu peux voir par la fenêtre l'autre côté de la cour. Une couche blanche toute neuve s'étale sur le terrain familier, de la maison jusqu'aux champs, plus belle et plus nette que tu aurais pu l'imaginer. Le monde est recouvert d'une grande paix blanche. Toi aussi tu te sens habité par quelque chose qui ressemble à la paix. Un instant tu ne te souviens plus pourquoi il t'a soudain paru étrange de te réveiller dans ton lit.

Puis tu te souviens, et la blancheur t'emprisonne

tu es transporté dans le noir sur le dos de papa, ton visage contre son cou aux poils rêches, tu sens la sueur imprégnant son tee-shirt

Allen bouge à côté de toi, se plaignant que tu laisses entrer le froid sous les couvertures.

Pas d'autre bruit.

Et puis à présent tu entends des voix dans la cuisine. Mama et Papa qui discutent tranquillement comme si c'était n'importe quel matin, comme si hier n'avait pas existé et tu te demandes comment ta Mama peut encore parler ainsi.

— Couche-toi, Danny, j'ai froid, dit Allen.

Et tu te couches mais tu as de la peine a respirer, tu as peur.

Papa pourrait bien ne pas aller travailler, à cause de cette neige qui recouvre le sol.

Tu entends Mama qui déclare :

— L'eau ne va pas chauffer plus vite que je peux la faire chauffer.

Et Papa rit.

Lorsque tu fermes les yeux, le dessin de la cour et du champ tout blancs de neige se réfléchit sur l'envers de tes paupières. Et parce que tu ne distingues plus les mots dans ce que disent tes parents, ce qu'ils disent fait comme une rivière qui coule sur toi et d'y penser devient une autre sorte de blancheur. Tu es fatigué. Tu dérives vers un état semblable au sommeil.

Tu rêves que tu reposes dans le creux d'un arbre

loin au-dessous le lion doré fouette de la queue et te guette

tu as joué avec lui dans la clairière, il aimerait bien continuer le jeu

ta hanche saigne. Par de profondes entailles sur toute la longueur du muscle et, passif, tu regardes le sang sourdre de la chair marbrée ; tu n'as que des pensées sans suite, tu te demandes vaguement si ce ne serait pas plus confortable de couper quelques branches pour te soutenir la tête, ou pourquoi les yeux du lion ont cette teinte dorée, tandis que l'énorme bête secoue sa crinière et renifle et trouve délicieuse l'odeur de ton sang, il veut y goûter ; il veut jouer un moment dans l'herbe avec ton corps et puis mordre dans ta hanche tendre, il t'observe avec cette passivité ardente, cette faim toute simple

au-dessus, des oiseaux aux ailes noires qui te considèrent eux aussi comme de la nourriture, et décrivent des cercles, et lancent des cris rauques et douloureux, les plumes de leurs ailes s'étendant comme des doigts, et bientôt ils se rapprochent, commencent à descendre, leurs yeux sont cerclés de rouge et leurs serres luisent

en bas de l'arbre le lion t'appelle, d'un grondement de la gorge et il secoue sa crinière et parade d'un côté à l'autre de la clairière.

les oiseaux aux plumes noires planent vers toi en une lente spirale, avec des cris durs et glacials mais au moment où l'Homme de la Rivière devrait entrer dans le rêve, venir à ton secours, la voix de Papa et le bruit de ses pas te font te dresser assis dans ton lit.

Papa vient jusqu'à la porte de la chambre. Il se tient dos appuyé au chambranle, te fixant du regard, un regard aussi farouche que celui des oiseaux de ton rêve. Tu avales ta salive et respires profondément. Tu es surpris de constater que tu n'as pas peur de lui, tu es capable de remarquer qu'il est ce matin un homme sobre, aux cheveux bien peignés, au visage rasé de frais. Il te contemple et tu ne sourcilles pas. Finalement c'est lui qui demande :

— Qu'est-ce qui te prends de me regarder comme ça ?

— Je ne sais pas.

Ton épaule palpite encore à l'endroit où il l'a saisie, des empreintes digitales de douleur.

Il fronce les sourcils et tourne le dos en disant :

— Dors, c'est ce que tu es censé faire.

Et tu t'allonges dans ton lit au cas où il s'arrêterait pour jeter un coup d'œil en arrière.

Au bruit des voix et des pas, Duck et Amy s'agitent dans leur sommeil et Grove se réveille, se redresse et t'observe.

Les pas lourds de Papa dans la maison en cercle. Grove murmure :

— Je voudrais bien qu'il s'en aille.

Tu acquiesces, hochant la tête mais tu entends de nouveau la voix de papa et tu as du mal à respirer. Il dit quelque chose au sujet de Queenie. Le nom de la chienne, c'est le seul mot que tu as compris mais lorsque tu l'entends tu es repris d'une soudaine nervosité.

Tu sors du lit très vite pour qu'Allen, encore endormi, la bouche ouverte et un bras sur les yeux ne sente pas l'air froid. Les boutons de verre des tiroirs de la commode sont glacés au toucher. Les vêtements pliés à l'intérieur ont l'odeur de ta Mama. Tu prends garde de ne rien déranger et tu t'habilles aussi vite que tu le fais d'ordinaire, malgré la difficulté que tu éprouves à remuer l'épaule. Ton manteau est dans la penderie. Lorsque Grove te voit l'enfiler sur ton pull il dit :

— Faut pas sortir déjà. Y a de la neige par terre.

— Ça m'est égal.

Les boutons en plastique te donnent quelques ennuis, la douleur dans ton épaule ralentit les mouvements de tes doigts.

— Je vais le dire à Mama, dit Grove.

— Non, tu le diras pas.

— Si, je vais le dire.

— Tu vas pas aller trouver Mama tant que Papa est ici, raconte pas d'histoires.

Grove un instant réfléchit et s'allonge à nouveau dans son lit.

— Je lui dirai quand elle va venir me voir.

Tu te penches vers lui. Son coude enflé repose sur un épais oreiller de plume et ses yeux sont encore pleins de sommeil. Tu dis :

— Reste au lit bien tranquille, je vais simplement jusqu'à la rivière.

— Pourquoi es-tu tout le temps parti voir cette rivière?

— Je l'ai encore jamais vue dans la neige.

Tu contournes son lit pour sortir par la porte de derrière. Le froid pénètre à travers la vitre, à travers tes manches de velours côtelé, le froid de la clenche de la porte te transperce le bras jusqu'aux os. Grove dit :

— Hier soir je dormais pas. J'ai tout entendu.

Une lumière hivernale baigne ses épaules et met des ombres sur son visage. Tu dis :

— Je veux pas en parler.

Et un instant tu te souviens du visage de ta mère, des draps froissés. Tu rejettes au loin cette image et ouvre la porte.

Grove te dit au revoir d'un air solennel comme si tu partais pour un long voyage.

Sous le porche, tu te comportes comme si Mama était déjà à ta poursuite. Sa nuque est visible au-dessus de la boîte de poivre noir posée sur le rebord de la fenêtre. Tu t'accroupis près de la table aux plantes en pot. La voix de Mama vient jusqu'à toi. C'est à Papa qu'elle s'adresse.

— J'imagine que si tu as pu hier conduire durant une demi

journée complètement ivre dans une tempête de neige, tu peux ce matin te traîner au travail.

Quand elle s'éloigne de la fenêtre agitant vers l'endroit où doit être Papa une bouteille de sirop, tu te glisses silencieusement dans l'entrebâillement de la porte grillagée et contournes la maison, léger comme un spectre.

A présent tu peux t'arrêter, te reposer. Devant toi s'étend le monde blanc que tu contemplais par la fenêtre, mais d'ici il est plus large, immense, et l'odeur des pins vient d'au-delà les champs se mêler à l'autre odeur, celle de la fumée qui s'élève du container aux ordures. Ce matin Mama a déjà brûlé les ordures.

Au bord des étais de parpaing il y a l'empreinte qu'ont laissé tes pas, hier soir. Voici l'endroit où tu as pissé dans la neige. Tu t'avances plus loin, vers la vaste cour et les arbres.

Et tu découvres toutes ces traces, quand Papa pourchassait Mama à travers le champ, et que vous les enfants vous suiviez. Dans la lumière du matin il n'y a pas autant d'empreintes que tu aurais cru en trouver. Le vent souffle fort dans ton dos. Tu peux presque voir le clair de lune sur les épaules de Papa alors qu'il se tenait là, hurlant vers la forêt.

Tu frissonnes et marches dans une autre direction, vers le chemin au bord de l'eau et la clairière où tes frères hier tiraient sur les oiseaux. Tu marches en redressant haut la tête comme si tu étais un grand prince au manteau doublé d'hermine jeté sur tes épaules, et sur le visage une sérénité de rêveur éveillé. Une fois seulement, baissant les yeux, tu remarques que tu croises une piste faite des empreintes bien marquées de pattes de chien, un chemin qui va droit à travers le champ.

Tu marches plus vite vers la rivière mais tu ne peux éviter les images qui suivent : d'abord la chienne tourbillonnant en l'air et puis Mama encore, blottie sous les draps, te regardant, cependant que Papa te tient au-dessus d'elle, et regardant le couteau qu'il tient aussi dans sa main, Mama effrayée mais disant :

— Prends garde, Bobjay, à ne pas le blesser.

Et Papa laissant échapper un son étrange, comme un soupir, quand il arrache les draps et te dépose sur le ventre de Mama. Mama qui ne te voit pas, qui ne voit que le couteau et puis qui ferme les yeux, se détourne et presse ses mains contre toi pour que tu ne touches pas sa poitrine.

Tu respires très fort et tu secoues la tête pour l'éclaircir. Le sol est gelé. Tu calcules chaque pas, tu ne dois pas tomber. Tu n'as besoin de personne qui te dise de faire attention. De personne qui te parle. Lorsque l'image de Mama tend à réapparaître tu secoues de nouveau la tête. Ça passe. Seul reste le sol glacé, et rien ici ne peut te faire de mal.

Dans la forêt de pins là-haut l'espace est immense où tu voudrais monter en flèche, il y a des refuges que délimitent des branches neigeuses, des membrures de cristal qui se courbent et te tiendraient embrassé. Mais tu es trop lourd pour flotter dans l'air.

Bientôt tu atteins la rivière. La mousse est givrée, traître sous les pas, alors tu te mets à quatre pattes et avances sur tes mains et tes genoux jusqu'à ce que tes jointures soient bleues. Tu atteins le pont du train, le lit de chèvrefeuille et tu restes assis là, jambes croisées comme un Hindou, mains réunies au creux de l'estomac.

Le pont est désert

tu imagines un train sombre qui plonge vers toi depuis la voie, enfonce ton corps écrasé profondément dans la terre.

tu imagines l'Homme de la Rivière émergeant hors de l'eau noire, et de la glace tombe de ses bras et de sa poitrine musclée ; il s'agenouille, il te voit étendu, blessé, sur le lit de chèvrefeuille et te porte jusqu'au fond de la rivière ; tu es sûr qu'il est quelque part dans cette eau noire, Aussi sûr que si tu pouvais le voir

peut-être vas-tu descendre le chercher au fond de la rivière ; mais pour le moment le froid te satisfait et tu t'enveloppes étroitement dans ton manteau, tirant les manches de ton pull pour t'en couvrir les poignets ; mais le froid monte de ton blue-jean dans tes cuisses, te pénètre jusqu'à la moelle ; tu fredonnes paisiblement Retrouvons-nous à la rivière... et tu sais et ne sais pas de quelle rencontre parle la chanson

tu restes assis là longtemps.

Un moment tu entends le bruit d'un camion qui s'éloigne de la maison, le long de la route. Ça veut dire que Papa s'en va travailler et tu souris. Mais d'ici c'est seulement un léger bruit et pour le moment il te suffit de rester immobile dans le chèvrefeuille poudré de neige. Et c'est tout ce que tu fais, dans le froid, comme en transe, chantonnant les mêmes mots, et de temps à autre une branche tombe de là-haut, en un craquement, tel le bruit du verre qui se brise ou le cri d'un oiseau frappé par les plombs.

Un long moment passe. La rivière noircit. Le ciel gris se congèle et la neige menace. Tu commences à te rendre compte que tes jambes s'engourdissent. La neige est blanche comme le drap que ta mère s'efforçait de tirer sur elle.

Soudain une voix :

— Danny.

qui tinte à tes oreilles.

tu vas te retourner et tu verras le lion, sa crinière dorée, sa crinière comme une flamme

la voix t'appelle encore et, serein, tu te retournes.

Mais ce n'est pas le lion. C'est ta Mama qui marche dans la neige, en robe rouge, qui avance avec peine, aux pieds une paire de vieilles godasses que Papa mettait pour aller travailler, et elle serre étroitement contre elle son gilet blanc. La robe rouge luit doucement. Au-dessus d'un de ses yeux Mama a une meurtrissure qui vire au pourpre. En la voyant, tu retrouves l'usage de la parole. Tu cries :

— Mama, je suis là.

D'une voix enrouée et elle t'entend et se tourne vers toi.

Elle te regarde. Ses bras se détendent un peu. Au bout d'un moment elle dit :

— Qu'est-ce que tu fais dans le froid, mon garçon ?

— Je regarde la rivière.

Elle avance lentement.

— Tu es là depuis longtemps ?
— Oui, Mam'.
— Tu as froid ?
— Oui, Mam'.
Elle se tient plus près, à côté d'un jeune arbre qui s'est courbé et a repris racine. Son visage s'adoucit. Tu sais de quoi elle se souvient. Elle demande :
— Si je te dis de me rejoindre ici, tu vas venir ?
Encore une fois tu réponds :
— Oui, Mam'.
Tu remues lentement tes jambes, elles ne te soutiennent plus, raidies par le froid. Mama voit tes efforts et à pas hésitants s'approche de toi à travers le lit de chèvrefeuille. Elle te masse doucement les mollets pour y ramener le sang et la chaleur.
— Tu es resté trop longtemps assis par terre.
Mais ce n'est pas une réprimande, C'est comme une remarque timide, précautionneuse, comme si tu étais plus fragile que jamais.
— Et ton épaule ?
— Ça fait mal, mais pas trop.
— On rentre à la maison ?
— Papa va revenir ?
— Seulement tard ce soir, je pense.
Alors tu marches auprès d'elle. Rien ne vous presse ; tu la prends timidement par la main et tu la guides vers ces endroits qui te sont familiers, qui sont tes trésors depuis que vous vivez dans cette maison, et ça afin qu'elle comprenne pourquoi tu vas à la rivière. Tu ne chantes plus, mais bientôt c'est elle qui se met à fredonner un hymne que tu ne connais pas, et elle te dit que c'est un chant de l'église baptiste qu'elle fréquentait quand elle était petite.
Lorsque vous arrivez à la lisière du bois, vous entendez un bruit qui vous immobilise. Un camion approche, sur la grand-route. Le bruit de ce camion t'est aussi familier que le bruit de ton souffle.
Toi et Mama vous vous arrêtez derrière les buissons en bor-

dure de la forêt. Le camion de Papa apparaît mais il dépasse l'allée qui va vers la maison, il dépasse la cour et le champ. Le camion s'arrête à la lisière des bois, moteur coupé. Papa sort du camion, la manche vide de son manteau est enfoncée dans sa poche.

Un moment il contemple le champ. Puis il tire une pelle de l'arrière du camion, la met sur son épaule et saute par-dessus le fossé. Il marche lentement au bord du champ, scrutant les taillis, et finit par s'arrêter devant un buisson de cornouillers aux branches dépouillées et blanches.

Mama te fait signe de la suivre et tu obéis sans bruit, en prenant soin de rester sous le couvert des broussailles.

Vous n'avez pas à chercher longtemps pour découvrir Papa dans une clairière de cornouillers et de cèdres, tous également chargés de neige. Papa creuse un trou. Le sol est si dur qu'il a du mal à enfoncer la pelle, mais il a l'air déterminé et tu comprends que ce n'est pas la terre gelée qui va l'arrêter. Tu l'entends qui marmonne quelque chose.

Mama hoche la tête et l'observe, agenouillée, le gilet tendu sur elle pour cacher le rouge de la robe. Toi aussi tu regardes, et bientôt tu comprends ce qu'il fait.

Devant lui il y a Queenie, sans vie, curieusement tordue comme si elle avait sauté pour attraper un des oiseaux que tes frères ont abattus mais qu'elle serait elle-même retombée sur le sol, gelée en forme d'arc. De là où vous êtes, tu ne vois pas ses blessures.

Quand le trou est assez profond, Papa soulève Queenie tendrement, trébuchant sur la neige glissante mais sans lâcher la chienne qu'il tient contre lui, et il se baisse pour placer le cadavre raidi dans la tombe, et il continue à prononcer des mots pour vous incompréhensibles.

Mama a fermé les yeux. Ses lèvres remuent en des phrases silencieuses. Papa recouvre Queenie avec le tas de terre sombre et froide. Puis il se tient là un moment, contemplant la maison au bout du champ. Pas une fois il ne tourne la tête vers l'endroit où vous êtes cachés, Mama et toi.

Papa déclare distinctement :

— Tu feras bien de me pardonner ça. Tu as dit que tu me pardonnerais.

Et il semble qu'il s'adresse aux arbres, ou aux nuages, ou à un espace vide.

Au bout d'un moment il retourne à son camion, le remet en marche et s'éloigne. Le bruit décroît. Bientôt on ne l'entend plus mais Mama reste encore à genoux dans la neige, sans bouger.

Finalement, elle se dirige vers le rectangle de terre fraîchement retournée où sont enterrés Queenie et ses petits. Mama se tient là longtemps, immobile. Du bout du pied elle touche la terre du monticule. Puis elle te regarde et dit :

— Il n'a pas pu s'empêcher, j'imagine.

Elle te regarde et tu comprends que c'est tout ce qu'elle dira. Tu te souviens de ses yeux qui se fermaient, de sa tête détournée, de ce refus silencieux lorsque Papa t'a jeté nu dans son lit ; et soudain tu comprends. A ce moment-là, contre ses paupières rêveuses flottait l'image de son Homme de la Rivière, et tandis que Papa te maintenait sur elle, elle rêvait d'un monde dans lequel ni toi ni Papa ni les autres n'auraient jamais existé. Tu sais cela à présent mais tu ne pourrais l'exprimer avec des mots. Aussi, lorsqu'elle te demande, presque timidement, si tu es prêt à rentrer à la maison tu réponds oui sans hésiter. Tu es capable de la suivre de bon gré à travers les chaumes enneigés, de dire oui Mam' lorsqu'elle te recommande de faire attention. Tu es capable de respirer, un souffle suivant l'autre. Ce que tes yeux te disent c'est nouveau. C'est que Mama est une faible femme en robe rouge qui traverse un champ pour rentrer à la maison. Une maison où les portes sont disposées en cercle, une pièce donnant dans une autre et dans une autre et dans une autre. Tu es un petit garçon qui suit sa Mama à travers le champ. Elle t'a trouvé au bord de l'eau et te ramène à la maison. Tu n'es pas descendu vers cette eau noire où t'attendait l'Homme de la Rivière. Mais tu retourneras à la rivière aussi longtemps que vous vivrez encore dans cette maison et, choisissant ton chemin, tu passeras la clairière où ton père vient d'enterrer un chien. La tombe restera comme une balise. Et là tu sauras que les faits sont tes seuls amis.

Achevé d'imprimer en mars 1995
sur presse CAMERON
dans les ateliers de B.C.I.
à Saint-amand-Montrond (Cher)

- N° d'édit. : 212002. - N° d'imp. : 1/768. -
Dépôt légal : avril 1994.

Imprimé en France